Schwitz mit Fritz -

Geschichten aus
dem
Wellnesswahnsinn

Impressum

Angaben gemäß § 5 TMG und Buchpreisbindungsgesetz

Titel des Buches: Schwitz mit Fritz – Geschichten aus dem Wellnesswahnsinn

Autor: VORELLE

Volkmar Relle 93468 Miltach, Deutschland

E-Mail: kontakt@vorelle.de

Website: www.schwitz-mit-fritz.de

Verantwortlich für Inhalt & Gestaltung:

VORELLE

Umschlaggestaltung:

VORELLE zusammen mit einer KI, die Unmengen von Kaffee verbraucht hat.

Verlag: BoD · Books on Demand GmbH,
Überseering 33, 22297 Hamburg, bod@bod.de
Druck: Libri Plureos GmbH, Friedensallee 273,
22763 Hamburg

ISBN: 978-3-7693-5160-6

Hinweis zur Satirefreiheit:

Die Inhalte dieses Buches sind teils satirisch überzeichnet, frei erfunden oder humorvoll übertrieben.

Ähnlichkeiten mit lebenden oder real existierenden Personen sind – wie bei jedem guten Aufguss – rein zufällig, aber nicht ausgeschlossen.

Über den Autor

Fritz – eigentlich heißt er Volkmar Friedrich, aber dieser Name klang nun mal eher nach Finanzamt als nach Aufguss.

Darum wurde er kurzerhand umgetauft – von sich selbst, fürs Publikum, mit System:

„Schwitz mit Fritz". Weil: „Schwitz mit Volkmar" klang wie ein Diätprogramm aus den 80ern.

Heute kennt ihn jeder nur als Fritz. Selbst seine Kolleginnen haben kurz gezögert, als er sich neulich versehentlich mit „Volkmar" am Telefon gemeldet hat.

Fritz arbeitet im Wellnessbereich eines Hotels im Bayerischen Wald, nahe der tschechischen Grenze – als Saunameister, Masseur, Seelentröster und Dauerbeobachter des gepflegten Irrsinns zwischen Lavendelöl und Leberwickel.

Er ist bekannt für seine Aufgüsse – immer mit Saunahut, was gleichzeitig Markenzeichen und Tarnkappe ist. Beim Massieren, wo er den Hut abnimmt, wird er von Gästen oft nicht erkannt:

Eine ältere Dame fragte ihn einmal beim Namen „Fritz" während der Massage irritiert:

„Ach, den Namen kenne ich von der Sauna – habt ihr da mehrere?"

Und eine andere schaute ihn außerhalb der Schwitzkammer misstrauisch an und meinte nur:

„Fritz? Du hast ja Haare auf dem Kopf!"

Wenn er nicht gerade aufgießt oder durchknetet, schreibt er auf – was andere längst vergessen hätten.

Mit Witz, Wärme und der Fähigkeit, selbst zwischen Aufgusseimer und Klangschale noch ein Lächeln zu finden.

Sein Motto:

„Man muss nicht alles ernst nehmen – außer den Aufguss. Der muss sitzen."

Und sein Versprechen:

„Schwitz mit Fritz – aber lach dabei."

Danksagung

Lydia, meiner bezaubernden Ehefrau, die nicht nur meine Rückenmassagen überlebt, sondern auch meine nächtlichen Schreibausflüge, Wortspiel-Orgien und die wiederkehrende Frage: „Soll ich dir das mal kurz vorlesen?"

Meinen Kolleginnen und Kollegen, die durch ihre tägliche Hingabe – und gelegentliche Verwirrung – erst das Material für dieses Buch liefern. Ohne euch gäbe es nur trockene Handtücher und keine Pointe.

Den Gästen, die freiwillig kommen, sich ausziehen, hinlegen und manchmal glauben, dass man mit einer Alarmleine den Whirlpool einschaltet. Ihr seid meine Inspiration. Und manchmal meine Reizgrenze.

Dem Hausmeister, der stets zur Stelle ist, wenn Technik auf Emotion trifft – oder jemand glaubt, ein Gong gehöre an den Strom.

Nicht zuletzt dem 4-Sterne-Wellnesshotel, das es einem Rentner im vorbiblischen Alter tatsächlich noch ermöglicht, beruflich tätig zu sein – mit Hut, Humor und heißem Wasser. Ich bin zwar offiziell in Rente, aber innerlich dienstältester Saunapirat auf dieser Seite des Weißwurstäquators.

Allen Leserinnen und Lesern danke ich fürs Mitlachen, Mitleiden und Mitlesen – ob bei 60 Grad in der Bio-Sauna oder mit 0,5 Promille im Ruheraum nach dem „Romantik-Aufguss".

Besucht mich gern auch unter:

www.vorelle.de

www.schwitz-mit-fritz.de

 www.pepironie.de

Und vergesst nicht:

Manche Geschichten sind wahr. Andere auch.

Vorwort

Wenn du dieses Buch in den Händen hältst, hast du vermutlich eines von zwei Dingen gesucht: Entspannung oder Unterhaltung. Beides findest du hier – allerdings nicht in Form von Räucherstäbchen, Klangschalen und Tees mit Namen wie "Innere Mitte in Wildapfel".

Dieses Buch ist entstanden im Dunstkreis eines bayerischen Wellnesshotels nahe der tschechischen Grenze – dort, wo sich Menschen freiwillig einschließen lassen, um bei 90 Grad in Holz zu sitzen und dafür auch noch einen Aufpreis zahlen.

Hier bin ich zu Hause. Fritz. Saunameister. Masseur. Und: stiller Beobachter einer Welt, in der das Handtuch heilig ist, der Dampf heilsam – und der Wahnsinn oft zwischen den Zeilen liegt.

Täglich begegnen mir Kolleginnen und Kollegen, wie man sie nicht besser schreiben könnte – wenn man sie sich nicht sowieso ausdenken müsste. Es wird gestritten über Duftöle, geflüstert in zehn Sprachen gleichzeitig, diskutiert über Honig-Peelings, die wie Schweinebraten riechen, und selbstverständlich wird geschwitzt. Nicht nur in der Sauna – auch im Dienstplan, an der Rezeption und im Beautyraum.

Mit diesem Buch möchte ich all das festhalten, was im stressfreien Raum zwischen Rosenaufguss und

Rückenmassage oft zu kurz kommt: das menschliche Chaos. Und das Lachen darüber.

Wenn du also beim Lesen mal laut lachst, still schmunzelst oder innerlich nickst – dann hat sich das Schwitzen gelohnt. Denn Wellness ist schön. Aber ehrlich ist schöner.

Ich wünsche dir viel Vergnügen bei diesen Geschichten aus dem ganz normalen Wellnesswahnsinn.

Und denk dran:

Die Charaktere sind frei erfunden. Ähnlichkeiten mit bestehenden oder realen Personen sind rein zufällig.

Wirklich. Wahrscheinlich. Vielleicht.

Herzlich aus der Aufgusskabine euer Fritz

Inhaltsverzeichnis

Make-up in Testversion: Erst halbes Gesicht, dann ganzer Terminplan.

Kapitel 9 – Fehlerfreier Wahnsinn

Olga ist nur selten da, aber wenn – ist plötzlich alles falsch, auch das Richtige.

Kapitel 10 – Kaffee, Kosmos, Konfusion

Kaffeemaschine, sieben Sprachen, null Filter – willkommen im Pausenraum.

Kapitel 11 – Formular Fatal

Joana erklärt, Nicoletta klickt, Marianna kontrolliert – ein Formular, drei Frauen, ein Drama.

Kapitel 12 – Schöner schlafen

Silvetta sorgt für Schönheits-Schlaf – mit Duftkerze und strenger Stimme.

Kapitel 13 – Twister trifft Zen

Während Petr sanft atmet, turnt Alanya wie ein elastischer Fächer durch die Luft.

Kapitel 14 – Die große Ver(w)irrung

Zwei Sprachen, keine Verbindung – dafür viermal falscher Massageraum.

Kapitel 15 – Sauna Selfie Show

Selfie vor dem Aufguss – und danach. Manche Gäste wollen das wirklich.

Kapitel 16 – Aufguss mit Klangschalen

Franz schlägt Klangschalen, ich massiere. Am Ende entweicht nicht nur die Energie.

Kapitel 17 – Mariana geht fliesen

Nicoletta allein im Empfang – was kann da schon schiefgehen? Genau: alles.

Kapitel 18 – Die Stille wedelt mit
Jolana wedelt nicht – sie tanzt. Die Sauna verneigt sich vor so viel Anmut.

Kapitel 19 – Einmal Jugend, bitte
Jugend im Tiegel – Mona zaubert Make-up, das Jahre verschwinden lässt. Fast.

Kapitel 20 – Frottee trifft Fitness
Simone leitet Aqua-Gym. Ich störe mit Aufgussansagen und Handtuch-Akrobatik.

Kapitel 21 – Sensitiv Relax Massage
Die Füße der Kundin: eine tickende Zeitbombe. Ich löse sie aus.

Kapitel 22 – Alarm im Sprudelbad
Alarm im Whirlpool – ausgelöst von einem Gast mit wenig Geduld und viel Neugier.

Kapitel 23 – Verdampft verwechselt
Steven verwechselt Saunaräume – aber die Musik sitzt. Immer Schwarzwaldklinik.

Kapitel 24 – Der eingesprungene Schwanensee
Ivan massiert wie ein Balletttänzer – ich massiere wie ich. Gegensätze entspannen sich.

Kapitel 25 – Simultan ins Nirwana
Ich dolmetsche live – spirituell improvisiert. Die neue Dolmetscherin kommt schnell.

Kapitel 26 – Liebe auf den ersten Aufguss

Ein Paar, eine Sauna, viel Dampf – und ein romantischer Show-Aufguss mit Folgen.

Einleitung: Willkommen im Schwitz-Kosmos

Manche Menschen suchen Erleuchtung im Kloster. Andere buchen sich dafür eine Woche im Wellnesshotel. Unser Haus liegt irgendwo zwischen beiden Konzepten – geographisch gesehen in Bayern, nahe der tschechischen Grenze, seelisch jedoch oft jenseits der Realität.

Hier bin ich zu Hause: Fritz, Saunameister mit Leidenschaft, Masseur mit Griff und Chronist eines Alltags, der sich manchmal mehr nach Komödie als nach Kur anfühlt. Ich schwenke das Aufguss-Handtuch wie andere ihr Schwert – nur, dass ich dabei Lavendel versprühe und keine Feinde vertreibe, sondern Verspannungen.

In diesem Buch geht es nicht um heilige Rituale oder fernöstliche Philosophien. Es geht um den Wahnsinn des Wellness-Alltags. Um Gäste, die Detox für eine Glaubensfrage halten, Kollegen, die mehr Sprachen sprechen als Handgriffe beherrschen, und eine Belegschaft, die so bunt ist wie ein Smoothie mit allem drin.

Damit ihr euch in diesem Mikrokosmos des gepflegten Schwitzens nicht verliert, stelle ich euch kurz meine geschätzten Kolleginnen und Kollegen vor:

Die Belegschaft in diesem Buch – im Schnellporträt

Damit ihr euch in diesem Mikrokosmos des gepflegten Schwitzens nicht verliert, stelle ich euch kurz meine fiktiven Kolleginnen und Kollegen vor:

Silvetta
Ehemals Kreuzfahrtschiff, jetzt Beautyabteilung. Italienisches Temperament trifft Ruhrpott-Dialekt. Macht Maniküre wie andere Leute Manöver – zackig, direkt, laut. Redet wie sie massiert: herzlich, aber ohne Umschweife.

Olga
Unsere Wellnessleiterin im Teilzeit-Modus, dafür mit Vollzeit-Autorität. Wenn sie im Haus ist, wird optimiert, korrigiert, kontrolliert – auch Dinge, die gar nicht falsch sind. Olga duldet keine Zufälle, außer im Dienstplan.

Marianna
Empfangschefin, jung, etwas steif, aber mit dem moralischen Kompass einer preußischen Schulrektorin. Wenn sie frei hat, renoviert sie ein geerbtes Haus – vermutlich mit denselben Formularen, die sie sonst für Buchungen nutzt.

Nicoletta

Auszubildende im Beautybereich, 16 Jahre, deutsch perfekt, Leben chaotisch. Zwischen Teenie-Romanze und Rezeptionstraining balanciert sie auf dem schmalen Grat zwischen Berufung und Beziehungsdrama. Hat ein Heft, in dem sie alles notiert – vermutlich auch, wann sie atmet.

Natasha

Masseurin aus Lettland. Ihre Hände sprechen Massage, ihre Zunge spricht eher... naja, noch kein Deutsch. Verständigung ist ein Abenteuer – aber am Ende fühlt sich der Gast trotzdem irgendwie gelöst. Oder verwirrt. Oder beides.

Petr

Der vegane Qigong-Guru aus Polen. Spricht wenig, isst Datteln, spielt Didgeridoo und massiert, als würde er mit einem Baum flüstern. Bringt ältere Damen regelmäßig zur geistigen Entspannung – ob sie wollen oder nicht.

Mona

Beauty-Profi, slowenische Herkunft, Instagram-Star. Perfekt gestylt, immer. Macht Make-up mit chirurgischer Präzision und hat mehr Follower als wir Handtücher. Ihre Behandlungen sind High-End – und manchmal High-Risk.

Franz

Bayer. Klangschalen-Mann. Spricht selten, aber wenn, dann hallt's nach. Seine Aufgüsse sind spirituelle Grunderschütterungen. Gießt auf, als würde er mit der Erde selbst kommunizieren – oder zumindest mit seinem Gong.

Julia

Dreifache Mutter aus Rumänien, neu im Massageberuf, vorher fast Kulturdezernentin. Notiert alles mit bürokratischer Gründlichkeit. Würde sogar ein Lächeln dokumentieren, falls es jemand hinterfragt.

Jolana

Polnische Masseurin, autodidaktisch deutsch. Herzensgut, konfliktscheu, immer barfuß im Kopf. Ihre Aufgüsse erinnern an Tempeltanz – sanft, schwebend, leicht verwirrend. Eine lebende Friedenspfeife.

Joana

Deutsch. Wenige Stunden die Woche. Trägt Parfüm, das Gäste schon beim Check-in zurückschrecken lässt. Spricht über ihre geplante Traumhochzeit öfter als über Behandlungsangebote. Meist perfekt – außer organisatorisch.

Alanya

Aus Polen, spricht halb Deutsch, halb Englisch. Gelenkig wie ein Gummimensch, massage-technisch zwischen Kamasutra und Schlangenbeschwörung. Beginnt jeden Satz in einer Sprache und beendet ihn in einem körperlichen Ausdruck.

Steven

Unser norddeutscher Sauna-Vertretungskünstler mit Hauptberuf im gelben Paketdienst. Verwechselt gern mal Saunaräume, aber nicht die Musik – seine Aufgüsse beginnen zuverlässig mit der Schwarzwaldklinik. Lieferung immer mit Stimmung – manchmal auch am falschen Ort.

Ivan

Der Freigeist im Team: tänzelt beim Massieren wie ein Schwan über einen Bergsee. Sein Stil: Theatralisch, ballettesk, achselblickend. Hat vermutlich mehr Körperspannung als das gesamte Stromnetz der Oberpfalz.

Lucilla

Ehemalige "Chefin" mit Lincoln und Seelenkompass, heute auf der Suche nach innerem Sinn – und grammatikalischer Vollkommenheit. Perfektion bis zur Handtuchfalte, organisiert spirituelle Vorträge und kann selbst aus Fußcreme ein Ritual machen. Nur zweimal pro Woche da – aber dann exakt.

Und ich?

Ich bin Fritz, die einzige reale Person hier in diesem Buch. Ich schwenke den Eimer, wenn andere die Klangschale anstimmen. Ich bin der, der aufgießt, wenn andere schon aufgeben. Und manchmal schreibe ich einfach mit – weil das hier niemand glauben würde, wenn ich es nicht aufzeichne.

Die Charaktere in diesem Buch sind frei erfunden. Ähnlichkeiten mit bestehenden oder realen Personen sind rein zufällig.

Wirklich. Wahrscheinlich. Vielleicht.

Man weiß es nicht. Aber geschwitzt wird trotzdem.

Und gelacht auch.

Kapitel 1 – Cleopatra

Sie trägt zwei Doktortitel und einen Doppelnamen – ich massiere, innerlich google ich.

„Cleopatra"

Ich, Fritz, Masseur mit der Lizenz zum Durchkneten, betrete wie jeden Morgen um Punkt 8:00 Uhr das Tempelchen der Entspannung – unser hoteleigenes „Zentrum für ganzheitliche Tiefenberührung", das klingt

nach Esoterik, riecht nach Lavendel und ist meistens genauso leer wie die Versprechungen auf einer veganen Speisekarte.

Doch heute – heute war es anders.

Sie kam hereingeschwebt wie ein Wölkchen aus ätherischen Ölen: Frau Dr. Dr. Sylvia von und zu Schwanenhals. Doppelname, Doppel-Titel, doppelter Anspruch. Ihr Wunsch: „Eine entschlackende Ganzkörpermassage mit Fokus auf energetische Wirbelsäulenharmonisierung." Ich lächelte professionell. Innerlich googelte ich verzweifelt.

Sie legte sich auf die Liege wie eine Opernsängerin auf ihr Finale – dramatisch, ausladend, mit einem leisen „Ohm", das verdächtig nach Champagner klang. Ich begann mit der klassischen Rückenbehandlung. Kaum hatte ich den ersten Tropfen Mandelöl verteilt, tönte es:

„Nicht da! Das ist mein Mondchakra!"

Ich wechselte den Bereich, doch auch dort: „Vorsicht, mein linker Lymphstrom ist empfindlich!"

Noch bevor ich das rechte Schulterblatt erreichte, hatte ich bereits fünf unsichtbare Energiezentren beleidigt und zwei kosmische Kanäle verstopft.

Ich beschloss, auf Nummer sicher zu gehen und mich auf die Füße zu konzentrieren – schließlich, dachte ich naiv, "...da kann man nichts falsch machen".

Ein fataler Irrtum.

Kaum hatte ich begonnen, murmelte sie in einer Mischung aus Trance und Vorwurf: „Achten Sie bitte auf meine Fußaura. Die ist derzeit sehr instabil."

Ich dachte kurz daran, mich selbst mit einer Faszienrolle zu erwürgen, entschied mich aber für ein mildes Lächeln.

Und dann passierte es.

Mitten in der Behandlung riss sie die Augen auf, setzte sich kerzengerade auf – der Bademantel flog wie ein dramatischer Vorhang zur Seite – und rief:

„Halt! Ich hab's! Ich habe Sie gesehen! In meiner letzten

Rückführung! Sie waren mein Leibknecht im alten Ägypten! Sie haben mir die Füße massiert, während ich Cleopatra war!"

Ich blickte sie an. Sie blickte mich an. Eine Sekunde Stille. Dann sagte ich, ohne mit der Wimper zu zucken:

„Das erklärt, warum Sie auch damals schon keine Ahnung von Chakren hatten."

Sie lachte. Laut. Schrill. Und buchte direkt zehn Sitzungen im Voraus – „zur energetischen Ahnenversöhnung", wie sie sagte.

Olga bekam das mit und erhöhte die Preise. Für Cleopatra gibt's nur noch Pharaonen-Tarif.

Julia schreibt: „Fritz: bemüht professionell. Gast: überqualifiziert. Ergebnis: energetisch geschwitzt, aber nicht entschlackt." (Erklärung, was es damit auf sich hat: Kapitel 6)

Kapitel 2 – Im Takt der Klangschale

Wenn Franz den Gong anschlägt und Gäste die dritte Dimension verlassen.

„Im Takt der Klangschale"

Es war ein Mittwoch. Und wie jeder Mittwoch im Wellnesshotel, begann er mit einer Email von Olga. Olga, unsere Wellnesschefin im Teilzeitdienst – was bedeutet: Sie ist zu 40 % anwesend, aber zu 120 % gefürchtet. Ihre Anweisungen sind präzise, unnachgiebig und kommen meist in Großbuchstaben mit mindestens drei Ausrufezeichen:

„BITTE HEUTE DUO-MASSAGE UM 14:00 MIT FRANZ UND FRITZ!!! KEINE EXPERIMENTE!!!"

Keine Experimente. Das sagt sich so leicht.

Franz ist ein bayerisches Urgestein, irgendwo zwischen Alm-Öhi und Schamanenpraktikum. Er spricht wenig, aber wenn er spricht, klingt es wie eine Klangschale auf LSD: langsam, tief, hallend. Seine einzige Therapieform: Klangschalen. Ich nenne es „Wellness durch Blechdose".

14:00 Uhr. Ich war vorbereitet. Massageöl: Warm. Handtücher: Fluffig. Duftlampe: Dezent betörend. Franz?

Kam mit einem Wägelchen, das aussah wie ein fahrbares Antiquitätengeschäft – vollgeladen mit Klangschalen, Klanghölzern und einem Gong, der selbst Tibet neidisch machen würde.

Unsere Gäste: Ein frisch verheiratetes Pärchen – er: Ambitionierter Zahnarzt aus Wuppertal, sie: Instagram-Influencerin mit Vorliebe für Detox und Dauerfilter. Sie bestand auf „totalem inneren Gleichklang". Er auf „Rücken".

Wir begannen synchron. Ich massierte. Franz schlich umher wie ein Yeti mit Glocken und murmelte tibetische Silben, die vermutlich mal ein Ikea-Regal waren. Plötzlich – DONGGG! – eine Klangschale direkt neben dem rechten Ohr des Zahnarzts.

Der Mann schreckte hoch, als hätte ich ihm eine Steuererklärung in die Wirbelsäule geknetet.

„Was war das?!", japste er.

„Harmonisierung deines dritten Energiezentrums", sagte Franz, ohne mit dem Räucherstäbchen zu zucken.

Die Influencerin hingegen postete live aus der Bauchlage ein Selfie mit dem Hashtag #SoundHealingVibes – inklusive meinem Ellbogen im Bild. Ich war kurz auf Insta viral.

In der zweiten Hälfte der Behandlung kam dann der Höhepunkt. Franz schlug eine besonders große Klangschale an – direkt auf dem Rücken des Zahnarzts platziert. Der Ton vibrierte durch den Raum, durch die Liege, durch die Nerven des Mannes… und dann: ein eklatanter Laut.

Ein Furz. Kein leiser, schüchterner. Nein. Ein Paukenschlag. Vermutlich von der Vibration getriggert. Klangschale trifft Darmwind – eine seltene, aber explosive Kombination.

Stille. Dann Franz, unbeeindruckt:

„Loslassen… ist der erste Schritt zur Heilung."

Ich wand mich innerlich, die Influencerin lachte wie eine Hyäne auf Detox.

Der Zahnarzt schwor, nie wieder eine Klangschale auch nur anzusehen – außer als Blumenschale im Garten.

Als sie gingen, flüsterte Franz zu mir:

„Des war's wert. So rein war noch koa Aura."

Ich hingegen notierte mir fürs nächste Mal:

Klangschale plus Linsensuppe zum Mittagessen = keine gute Idee.

Julia schreibt: „Franz: schwingend. Klangschale: vibrierend. Rücken: plötzlich akustisch." (Erklärung, was es damit auf sich hat: Kapitel 6)

Kapitel 3 –
Massage
international

Silvetta & Natasha – Zwei Massagestile, zwei Sprachen,
ein Desaster auf der Liege.

———— ••••• ⧁⧀ ••••• ————

Es war wieder so ein Morgen, der nach Pfefferminztee, feuchtem Handtuchdampf und leiser Verzweiflung roch. Ich blätterte noch müde durch den Dienstplan, da rief Marianna vom Empfang – nüchtern wie eine Steuererklärung:

„Fritz, du bist heute nur Springer. Die Duo-Massage machen Silvetta und Natasha."

Ich runzelte die Stirn. Die Kombination hatte in der Vergangenheit eher für sprachliche Verwirrung als für Entspannung gesorgt. Und das letzte Mal, als Silvetta ihre Kreuzfahrt-Anekdoten auf lettisch versuchte, hat Natasha versehentlich ein Knie anstelle eines Rückens eingeölt.

Aber gut – Olga hatte es so genehmigt (an ihrem „Homeoffice"-Tag, versteht sich).

Die Gäste diesmal: zwei betagte Damen aus Hamburg. Die eine hieß Gerda, die andere Gerda. Kein Scherz. Beste Freundinnen, seit dem Zweiten Weltkrieg gemeinsam beim Ballett (O-Ton). Jetzt gemeinsam beim

Gelenkequietschen.

13:30 Uhr. Raum San Marco. Sanftes Licht. Duft von Eukalyptus, dazu ein Spotify-Album namens „Ocean Tranquility – Whale Edition". Und dann marschierten sie ein:

Silvetta – Haare wie ein explodierter Lockenstab, Flipflops mit Leopardenmuster. Und Natasha – schüchtern, mit einem Zettel in der Hand, auf dem stand: „Ich lernen Deutsch jeden Tag, danke Massage"

Die Gerdas lagen bereit.

Silvetta nahm ihre Position ein, rieb sich die Hände und rief fröhlich: „So Mädels, jetz' wird de Gummikuh durchgenudelt!"

Die Gerdas schauten irritiert. Natasha flüsterte: „Was Gummikuh? Ich nicht finden im Lehrbuch."

Es begann. Silvetta war in Hochform: „Mach dich locker wie'ne Wattwurm bei Ebbe!" – „Ich mach dir Rücken, du meinst du fliegst gleich inner Karibik!" – „Und jetz kommt de Tiefgang, Schatz – halt dich fest!"

Währenddessen bemühte sich Natasha, die Kommandos ihrer Kollegin simultan zu verstehen. Sie deutete auf Gerdas Schulter und fragte leise: „Das ist… Schulter, oder Knie vom Nacken?"

Und als Silvetta lautstark „Rechtsrum, Natasha, rechtsrum!" rief, drehte Natasha sich selbst nach rechts – um dann verwirrt gegen die Wand zu laufen.

Die Gerdas, inzwischen weich wie Pudding mit Rheumacreme, kicherten wie 14-Jährige beim Flaschendrehen.

Doch dann der Höhepunkt: Silvetta beschloss, aus dem Duo eine Show zu machen. „Natasha, mach mit! Jetzt Synchronkneten – wie bei de Caprifischer! Eins-zwei-drei – ZUPACK!"

Und zack – beide griffen gleichzeitig zu. Die eine Schulter wurde zur Arena zweier Kulturen, zwei Massagestile prallten aufeinander, das Handtuch rutschte, und eine der Gerdas stöhnte vor Verzückung: „Mädels, ich sag's euch: So schön war's nicht mal mit meinem Karl beim Tango Argentino '53!"

Als die Massage zu Ende war, klatschten die beiden alten Damen. Standing Ovation im Bademantel. Natasha verbeugte sich. Silvetta sagte: „Und das, Mädels, war internationaler Körperkontakt – ohne Visum und ohne Schmerzgeld!"

Später fragte ich Natasha, wie sie die Stunde fand.

Sie nickte ernst und meinte: „Ich denke, Massage ist wie deutsche Sprache: Viel drücken, wenig verstehen – aber am Ende alle glücklich."

Und das, lieber Leser, ist wahrscheinlich die ehrlichste Beschreibung unserer Arbeit, die ich je gehört habe.

Julia schreibt: „Silvetta: laut. Natasha: leise. Kommunikation: gestisch. Massage: improvisiert."
(Erklärung, was es damit auf sich hat: Kapitel 6)

Kapitel 4 – Honigsüßes Chaos

Nicoletta, Hormone und ein Peeling zum Anbeißen – leider auch für Wildtiere.

„Honigsüßes Chaos"

Es war ein sonniger Freitagmorgen, draußen zwitscherten die Vögel, drinnen zwitscherten die Gäste beim Detox-Wasser. Ich stand gerade mit Petr beim Frühstück, der versuchte, sein Müsli durch bloße Gedankenkraft zum Schweben zu bringen, als Marianna vom Empfang in ihrer typisch emotionslosen Art ins Walkie-Talkie sprach:

„Silvetta, bitte sofort ins Peelingzimmer. Nicoletta braucht Unterstützung."

Nicoletta. Unsere jüngste Auszubildende. 16 Jahre, Zahnspange, Herzchen auf dem Namensschild und ein Blick, der ständig irgendwo zwischen „verträumt" und „abwesend" schwebt. Sie wohnt im Mitarbeiterwohnheim, hat kürzlich ihren ersten richtigen Freund – Julias Sohn, wie der Zufall (und die Personalpolitik) es will – und seitdem laufen ihre Arbeitstage nach dem Prinzip: körperlich anwesend, geistig in einer Netflix-Serie über große Liebe und kleine Katastrophen.

Silvetta betrat das Peelingzimmer – und da stand sie. In voller Panik.

„Silvetta! Ich hab voll den Honig genommen, aber irgendwie… also… das ist jetzt alles… komisch!"

Silvetta roch es, bevor sie es sah. Es roch nicht nach Wellness. Es roch nach… Zwiebeln und Bratensaft.

Auf dem Peelingtisch lag Frau Obermeyer, eine treue Stammgästin, halbnackt und bereits dick eingeschmiert – mit dem Inhalt eines Küchenhonigtopfs, der sich, wie sich später herausstellte, als bayerischer Bratensoßen-Glasurhonig mit Majoranextrakt entpuppte. Kein Scherz. Die Hotelküche hatte ihn in die falsche Vorratskiste gestellt. Und Nicoletta hatte ihn – voller Vertrauen – einfach großzügig aufgetragen.

„Ich dachte, das riecht halt ein bisschen intensiver…", sagte sie kleinlaut.

Frau Obermeyer schnüffelte an sich selbst und fragte irritiert: „Kommt nach dem Peeling noch das Schäufele oder ist das hier ein Themenabend?"

Silvetta rang mit der Fassung. Der Boden war bereits ein gefährliches Glitschfeld, zwei Handtücher hatten resigniert das Weite gesucht, und Nicoletta stand da wie ein Reh im Fernlicht – mit einem Silikonschwamm in der Hand und einem schlechten Gewissen im Gesicht.

Silvetta versuchte, die Situation zu retten.

„Frau Obermeyer, wir testen heute eine neue regionale Spezialanwendung: Das Franken-Fleischerl-Peeling.

Besonders durchblutungsfördernd und... äh... cholesterinbewusst."

Sie lachte. Gott sei Dank.

Nicoletta wischte hektisch die Reste mit einem Waschlappen weg, der dabei aussah, als hätte er in einer Großküche Vietnam erlebt.

Nach dem Desaster setzte Silvetta sich mit ihr auf die Bank vor dem Hotel.

„Nicoletta, du musst bei der Sache bleiben. Beim Massieren denkt man nicht an Liebesbriefe, sondern an Lendenwirbel."

Sie seufzte. „Ich weiß, Silvetta... aber wenn er mich anlächelt, dann schmelze ich wie Bienenwachs..."

Sie nickte. Pubertät ist wie Fußreflexzonenmassage: man weiß nie, wo's plötzlich weh tut.

Zum Abschluss fragte sie kleinlaut:

„Silvetta... und was ist jetzt mit Frau Obermeyer?"

Sie grinste.

„Die hat sich für nächste Woche zum Kräuterlack-Körperwickel angemeldet. Frag mich nicht, was sie sich jetzt darunter vorstellt..."

Julia schreibt: „Nicoletta: verunsichert. Honig: überdosiert. Silvetta: klebend. Hygiene: diskutabel."
(Erklärung, was es damit auf sich hat: Kapitel 6)

Kapitel 5 – Mit dem Ditscheridoo zur Erleuchtung

Petr meditiert, atmet – und bläst ins Ditscheridoo. Ich massiere daneben.

―――――――― ••••• ◈ ••••• ――――――――

„Mit dem Didgeridoo zur Erleuchtung" Montag, 10:00 Uhr. Im Kalender stand:

„Qigong mit Petr – Gartenbereich West (bei gutem Wetter, sonst Lobby-Ecke neben Teebar)"

Es war gutes Wetter. Die Vögel sangen, die Blumen blühten, und Petr stand barfuß auf der Wiese, bekleidet mit einer selbstgenähten Leinenhose und einem T-Shirt mit der Aufschrift:

„Energy flows where attention goes."

Die Teilnehmerinnen? Sechs Damen zwischen 58 und 78. Allesamt Stammgäste, allesamt entschlossen, ihr Chi zu finden – oder zumindest Petrs. Darunter: Frau Sieglinde, die Petr auffällig oft versehentlich an der Hüfte korrigierte, und Frau Ellen, die ihren Mann mit dem Satz „Ich geh jetzt mal meine Mitte suchen" im Frühstücksraum zurückließ.

Petr begann – mit einem Gruß an den Himmel, der aussah wie ein Sonnengebet auf Baldriantropfen. Dann forderte er die Damen auf:

„Atme Wind. Werde Wurzel. Sei wie Wasser."

Frau Gudrun fragte verunsichert:

„Soll ich mir jetzt die Nase zuhalten oder den Regenwassertank visualisieren?"

Petr lächelte seelenruhig. Nichts bringt ihn aus der Fassung. Nicht mal Frau Sieglinde, die während der „stehenden Säule" diskret versuchte, ihm die Hand zu halten.

Und dann – kam das Didgeridoo. Petrs heiliger Klangstab. Zwei Meter australisches Holz, mit Mustern bemalt, die aussehen, als hätte ein Zebra Fieber gehabt. Er hob es wie ein Priester seinen Kelch, setzte an… und blies.

„BRRRRRROOOOOOOOOOOOOOOMMMMMM"

Ein tiefes, urzeitliches Grollen, das durch die Gartenstühle vibrierte und vermutlich noch im Frühstücksraum den Joghurt schüttelte.

Frau Ellen schreckte hoch:

„Oh Gott, mein Herz! Ich dachte, die Kaffeemaschine explodiert!"

Petr aber sprach mit geschlossenen Augen:

„Spüre die Vibration. Lass sie durch deine Leber fließen."

Frau Sieglinde hob die Hand:

„Ich glaube, bei mir ist es direkt in die Hüfte gegangen."

Doch dann – plötzlich – kippte die Stimmung.

Das Didgeridoo hatte, in seiner vibrierenden Weisheit, genau neben dem Teich einen dekorativen Stein ins Wasser befördert. Das Platschen erschreckte einen Reiher, der losflog, in Panik gegen die Hotelterrassenscheibe knallte – und den Cappuccino von Herrn Obermeyer, der immer noch vom letzten „Honig-Skandal" traumatisiert war, quer über dessen Bademantel verteilte.

Chaos.

Die Damen schrien. Das Didgeridoo vibrierte weiter. Petr blieb gelassen.

„Es gibt keine Störung. Nur Energie in Bewegung."

Marianna kam angerannt, Olga telefonierte hektisch im Hintergrund („Nein, kein Notfall! Nur... energetisches Federvieh!"), und Franz, der zufällig vorbeiging, kommentierte trocken:

„Hätt's a Klangschale g'nommen, wär nix passiert."

Später fragte ich Petr, ob ihm das nicht zu viel sei – mit so aufdringlichen Damen, fliegenden Vögeln und vibrierenden Holzinstrumenten.

Er sah mich an, kaute auf einem veganen Dattelriegel und sagte:

„Es ist alles gut. Nur Frau Sieglinde… ihre Aura ist sehr… fordernd."

Ich nickte.

„Und nächste Woche? Machst du weiter?"

Er grinste.

„Natürlich. Ich bring neue Klangröhre mit. Aus Bambus. Die beruhigt mehr."

Ich werde derweil ein paar Helme für die Terrasse organisieren. Für den Fall, dass das Chi wieder Flügel bekommt.

Julia schreibt: „Petr: in Trance. Fritz: irritiert. Geräuschkulisse: ethnologisch." (Erklärung, was es damit auf sich hat: Kapitel 6)

Kapitel 6 – Die Notizen des Grauens

Julia sieht alles, hört alles – und schreibt Dinge auf, die ich lieber vergessen würde.

„Die Notizen des Grauens"

Es war Dienstagnachmittag, 15:00 Uhr, und ich war gerade dabei, den kaputten Thermophor zu verfluchen (er roch inzwischen verdächtig nach vergorenem Eukalyptus), als Julia hektisch durch den Flur huschte – ihr obligatorisches, rot kariertes Heft fest an die Brust gedrückt, als ginge es um ihre Aufenthaltsgenehmigung.

„Fritz, ich habe ein Problem. Vielleicht. Also, nicht sicher. Ich weiß nicht."

Das war Julia. Sie hatte immer ein „vielleicht" im Satz, sogar wenn es um „Feuer" oder „Gast nackt auf Gang" ging.

„Was ist los?" fragte ich.

Sie schlug ihr Heft auf. Darin: fein säuberlich notiert, in krakeliger Schrift und mit bunten Post-its gespickt, alles – wirklich alles. Von „Frau Meier will bei Gesichtsmassage NICHT über Nase streichen" bis „Herr Klein mag keine linke Wade". Manchmal hatte ich das Gefühl, sie würde sich sogar aufschreiben, wann sie atmet – sicherheitshalber.

„Ich habe heute Massage mit… Herr Graf. Steht in System nur ‚Wichtig!' mit drei Ausrufezeichen."

Herr Graf. Stammgast, selbsternannter Kunstsammler, ehemaliger Autohändler mit der Aura eines auf Hochglanz polierten SUV. Seine Spezialität: Beschwerden über Dinge, von denen er keine Ahnung hat. Einmal verlangte er eine „klassische Klangmassage nach Tesla".

Julia war blass.
„Ich habe letzte Woche bei ihm 'Füße zu stark' gemacht. Er hat nichts gesagt. Aber vielleicht denkt er, ich bin schlecht. Ich muss neue Strategie machen."

Ich versuchte zu beruhigen.
„Julia. Du machst das gut. Du bist eine der Genauesten, die ich kenne."

„Ja, aber genau kann auch gefährlich sein.", sagte sie düster, während sie mit einem neonpinken Textmarker „AUSNAHME: GRAF" ins Heft schrieb.

15:30 Uhr. Behandlungszimmer 3. Herr Graf betrat den Raum mit einem Bademantel, der aussah, als hätte er ihn direkt aus einer Privatklinik in St. Moritz importiert. Auf dem Kopf: Stirnband. Am Handgelenk: Rolex. In der Hand: sein Handy – auf Lautsprecher, natürlich.

„Ich sag's dir, Günni – die hier, die Julia, macht das top. Letztes Mal hab ich zwar drei Tage gebraucht, bis ich wieder laufen konnte, aber immerhin hat sich was getan!"

Julia errötete. Nicht vor Stolz. Sondern aus schierer Panik.

Die Massage begann. Ich beobachtete heimlich durch den Türspalt (berufsbedingt neugierig, klar). Julia arbeitete präzise, vorsichtig, wie eine Chirurgin mit Prüfungsangst. Und plötzlich – das Unvermeidliche:

„STOP!", rief Herr Graf.

„Was war das? Was war DAS?!"

Julia erstarrte. Ich auch. Sie blickte auf ihre Hände, als hätten sie gerade einem Kardinal den Rücken falsch geweiht.

„Ich… Ich dachte… Das war… Nur eine leichte Mobilisation der LWS."

Herr Graf stand auf, drehte sich, inspizierte sich im Spiegel, hob ein Bein, stöhnte bedeutungsvoll – dann… lächelte.

„Geil. Genau da! Das war's! Das müssen Sie mir ins Heft schreiben! Ich will das immer so! Ich nenn das jetzt: Julias Wirbelwunder™."

Julia stand da, als hätte sie gerade versehentlich ein Patent eingereicht. Dann zückte sie mechanisch ihr Heft und notierte:

„Herr Graf liebt Mobilisation LWS. Ab jetzt: 3x pro Massage. Bezeichnung: Wirbelwunder™. NICHT vergessen!"

Als sie nach der Behandlung zu mir kam, strahlte sie.
„Fritz. Ich glaube, ich hab eine Marke."

Ich lachte.
„Herzlichen Glückwunsch. Jetzt musst du nur noch lernen, dass man nicht alles ins Heft schreiben muss."

Sie blätterte.
„Aber Fritz… woher soll ich denn sonst wissen, ob ich heute wieder die rechte Ohrmuschel auslassen soll oder ob Nicoletta ihren Freund noch hat?"

Ich beschloss, nichts zu sagen. Manchmal ist Ordnung eben auch eine Art Therapie.

Julia schreibt: „Fritz: wieder ertappt. Julia: dokumentiert. Inhalt: vertraulich."

Kapitel 7 – Dienstplan mit Gefühl

Dienstplan-Stress trifft auf Gefühle. Jolana wedelt mit Herz und Flipchart.

„Dienstplan mit Gefühl"

Es begann an einem dieser trügerisch ruhigen Morgen. Olga, unsere Wellnesschefin auf Teilzeit mit Vollzeit-Autorität, hatte einen neuen Dienstplan verfasst – in WordArt, mit farbigen Kästchen und einer Excel-Tabelle, die aussieht, als hätte sie beim Layouten einen Zuckerschock gehabt. Ein visuelles Desaster mit strategischem Tiefgang: die Wochenplanung unserer gesamten Abteilung.

Der Plan wurde wie immer per Aushang verkündet. Und wie immer rief Marianna danach sofort an:

„Fritz, wir haben ein Problem. Jolana ignoriert wieder den Plan."

Das war kein Vorwurf. Das war eine Feststellung. So wie: „Der Himmel ist blau" oder „Franz hört Klangschalen sprechen".

Ich ging zu Jolana, die gerade in Behandlungsraum 4 eine Schublade mit ätherischen Ölen alphabetisch sortierte – nach dem Kriterium: „Welche riechen nach Heimat."

„Jolana", sagte ich vorsichtig, „du hast heute Frühschicht. Olga hat dich eingeteilt."

Sie sah mich mit großen Augen an, nickte – und machte weiter wie bisher. Ich wiederholte es. Langsamer. Deutlicher. Mit Handzeichen.

„Achsooo… Olga gesagt! Ja ja! Ich gesehen Plan. Aber Olga… Olga hat viele Pläne. Ich machen mein Plan, für... Harmonie."

Ich blinzelte.

„Du meinst, du hast den Dienstplan… überarbeitet?"

„Nein! Ich nix ändern! Ich nur fühlen. Wo bin ich gut. Wo Jolana macht Herzmassage. Nicht Stressmassage."

Das war ihre Methode: sie fühlte sich in die Planung. So wie andere Menschen sich in eine Badewanne legen. Einmal war sie zur Nachtschicht erschienen – obwohl sie gar nicht eingetragen war – einfach, weil sie „spürte, jemand braucht heiße Steine". Es war 3 Uhr morgens. Der Gast war der Nachtportier. Der hat bis heute Rückenschmerzen.

Zurück zum Plan: Olga, die alles duldet – außer Spontanität – stand plötzlich in der Tür. Ihre Stimme schnitt durch die Luft wie ein Laserschwert auf Valium:

„Jolana. Wir haben abgesprochene Zeiten. Es gibt Struktur. Regeln. Ein System."

Jolana nickte, lächelte, verbeugte sich innerlich – und antwortete sanft:

„Olga, du System. Ich Gefühl. Du brauchst mich. Ich ausgleichen deine Struktur. Du bist Yin. Ich bin Yang. Wir zusammen wie... äh... wie Tee mit Zitrone UND Zucker."

Olga vergaß kurz, wie man spricht. Ihr rechtes Augenlid zuckte.

Ich mischte mich ein – deeskalierend:

„Vielleicht, Olga… könnte Jolana einfach… ihren Plan mal aufschreiben, bevor sie ihn fühlt?"

Jolana nickte eifrig:

„Ich machen Plan. Nach Sternzeichen. Und nach Vollmond. Ist besser für Energiekreislauf."

Olga verließ wortlos den Raum. Vermutlich, um irgendwo im Personalbüro ein Fenster einzuschlagen.

Später fragte ich Jolana, ob sie den neuen, offiziellen Dienstplan jetzt einhalten werde.

Sie lächelte:

„Fritz. Ich liebe Ordnung. Aber mein Herz hat auch Stimme. Ich höre beide. Mal gucken, wer lauter."

Ich seufzte.

„Und wenn Olga lauter ist?"

„Dann ich mach Ohrstöpsel."

Julia schreibt: „Jolana: diplomatisch. Olga: nicht da.
Gefühl: einseitig."

Kapitel 8 – Gefällt mir – oder doch nicht?

Instagram live trifft Rückenmassage – Mona zwischen Likes und Lotion.

„Gefällt mir – oder doch nicht?"

Es war ein typischer Samstagvormittag: Die Sauna war voll mit Leuten, die dachten, Schwitzen ersetzt Therapie, die Rezeption verwechselte bereits die Reservierungen von Meier und Mayer, und ich bereitete Behandlungsraum 2 für eine Duo-Massage vor. In der Planung stand:

„Mona & Fritz – 11:00 Uhr – Paarmassage – Gäste: Influencer-Kooperation! BITTE SENSIBEL!!"

Das klang harmlos. Bis ich Mona sah. Sie kam mit perfekt sitzendem Make-up, einem Outfit, das aussah wie „Wellness Couture 2025", und einem Handy, auf dem sie bereits live ging:

„Hi Leute! Ich bin hier mit meinem Lieblingskollegen Fritz – wir machen heute was richtig Intimes!"

Ich erstarrte.

„Eine… Massage. Meinte ich. Eine entspannte, heilende Massage. Für unsere Gäste. Natürlich."

Die Gäste: ein Instagram-Pärchen aus Berlin. Sie: Lippen wie aufgeblasene Pastillen, in Goldlamé-Bademantel. Er: tätowiert, trainiert, traurig. Beide wirkten, als hätten sie sich für die Massage nur angemeldet, weil die Hotelbeleuchtung schmeichelhaft war.

Kaum lagen sie auf der Liege, fing das Drama an.

„Kannst du meinen Rücken von links filmen, Babe? So dass mein Tattoo gut rüberkommt?", hauchte er.

„Aber denk an den Filter – der ohne Poren! Ich will keine Poren auf meinem Rücken, okay?!", zischte sie zurück.

Ich sah Mona an. Sie war im Arbeitsmodus. Ihre Bewegungen: elegant. Ihre Haltung: professionell. Ihre Miene: Instagram-kompatibel.

Sie beugte sich zu mir und flüsterte:

„Fritz. Wenn ich heute Insta live gehe, während ich Rücken knete, bin ich entweder berühmt oder arbeitslos."

Die Massage begann. Ich massierte Rücken. Mona auch – aber mit der rechten Hand massierte sie und mit der linken… scrollte sie durch Kommentare. Multitasking auf slowenisch.

Plötzlich sagte der Influencer:

„Ey, was ist das für ein Öl? Das riecht… so…

real." Ich:

„Naturrein. Handgepresst. Ohne Algorithmus."

Seine Partnerin flüsterte Mona zu:

„Könntest du beim nächsten Streichen einfach ein kleines Herz auf meinen Rücken machen? Für meine Story. Hashtag LoveHeals, verstehst du?"

Mona, geübt in diplomatischer Ignoranz, malte tatsächlich ein Herz – mit Massageöl – auf den Rücken der Dame, filmte es und sagte nur:

„Für meine MonaMoments – #KunstamKörper."

Ich war sprachlos.

Nach 45 Minuten ging das Paar selig – mit neuem Content, zwei Kooperationsideen und der festen Überzeugung, dass Detox das neue Botox sei.

Ich fragte Mona später, ob das noch Massage war oder schon Performancekunst.

Sie grinste und zeigte mir ihr Handy:

„60.000 Likes. Und einer will, dass ich ihn in Dubai massiere. Wenn Olga fragt: Ich mache Markenpflege."

Ich nickte.
„Und das Herz?"

„War nicht für sie. War für mich. Ich muss mich auch manchmal dran erinnern."

Julia schreibt: „Mona: selbstbewusst. Kundin: halb überzeugt. Endfassung: gesponsert von Instagram."

Kapitel 9 –
Fehlerfreier Wahnsinn

Olga ist nur selten da, aber wenn – ist plötzlich alles falsch, auch das Richtige.

„Fehlerfreier Wahnsinn"

Es war ein Dienstag. Und wenn du dienstags ins Wellnesshotel kommst und es ist still, harmonisch und jeder macht, was er soll – dann ist das kein gutes Zeichen. Das bedeutet nur eins: Olga kommt.

Und siehe da: Punkt 09:00 Uhr, Tür auf, Olga rein – perfekt frisiert, Tablet unterm Arm, Lippen zusammengepresst wie die Dienstpläne aller Abteilungen gleichzeitig.

„Guten Morgen!", sagte sie mit dieser Energie, mit der andere Menschen einen Krieg erklären.
„Ich bin heute GANZ für euch da."

Da wusste ich: Der Tag ist gelaufen.

Während andere Vorgesetzte Präsenz zeigen – zeigt Olga Effizienz. Sie sieht sich nicht als Teil des Teams, sondern als letzte Bastion gegen das Chaos. Leider ist das Chaos meist nur in ihrem Kopf – oder in Form eines falsch ausgerichteten Duftsteins.

Um 09:17 Uhr stand sie im Behandlungsraum 1 und inspizierte die Lagerungskissen.

„Wer hat das aufgeschüttelt wie ein Mehlsack? Das ist keine Kissenlandschaft, das ist eine ergonomische Katastrophe!"

Um 09:22 Uhr vermaß sie mit einem Zollstock die Position der Massageliegen.

„3,7 Zentimeter zu nah an der Wand. Da kann kein Chi fließen. Kein Mensch. Kein gar nichts!"

Nicoletta, die gerade versuchte, die Teekanne korrekt auf das Serviertablett zu balancieren, wurde von Olga abgefangen.

„Stopp. Nicht so. Die Tasse muss mit dem Henkel exakt nach Osten zeigen. Wir sind hier nicht in der Pommesbude!"

Nicoletta flüsterte mir später zu:

„Ich glaub, mein Tee hat jetzt Angst."

Um 10:30 Uhr war Olga im Dampfbad. Nicht zur Entspannung – sondern um mit einem Hygienetuch den Temperaturfühler auf Staub zu prüfen.

„Wenn das nicht exakt 43,5 Grad anzeigt, Fritz, dann ist das hier keine Erholung, sondern ein Fiebertraum!"

Ich wagte den Hinweis, dass sich bis dato kein Gast beschwert hatte.

Olga zog eine Augenbraue hoch:

„Fritz, es geht nicht um Beschwerden. Es geht um Präzision! Das hier ist kein Hobby-Wellnessverein, das ist ein Spa!"

Das Highlight kam um 11:15 Uhr. Mona hatte gerade eine strahlende Dame nach ihrer Behandlung verabschiedet, als Olga mit blockigem Schritt auf sie zueilte:

„Ich habe gesehen, du hast den Vorhang linksrum zugezogen. Das führt energetisch zu Verwirrung beim Gast."

Mona schaute sie an, lächelte sanft und sagte:

„Der Gast war so entspannt, sie hat mir ein Trinkgeld gegeben und ihr Eheproblem gelöst."

Olga nickte.

„Aber der Vorhang, Mona. Der Vorhang."

Ich zog mich gegen Mittag in die Küche zurück, um dort in Sicherheit eine Banane zu essen. Da kam Petr vorbei, sah mein gequältes Gesicht und flüsterte:

„Olga ist wie Sturm in Teetasse. Viel Wind, nix nass. Aber alle schütteln."

Und tatsächlich: Um 14:00 Uhr verließ Olga das Haus, zufrieden mit ihrem selbstgeschaffenen Orkan. Kaum war sie aus der Tür, atmete die Abteilung kollektiv auf. Sogar der Duftstein roch entspannter.

Später fragte ich Jolana, ob wir etwas aus dem Tag gelernt hätten.

Sie lächelte, schob einen Aktenordner mit dem Dienstplan von morgen zur Seite und sagte:

„Ja. Wenn Olga kommt, mach ich Plan. Nur für Olga. Ist leer. Sie füllt selber."

Julia schreibt: „Olga: korrekt. Realität: widerspricht. Ergebnis: Stress für alle – außer Olga."

Kapitel 10 – Kaffee, Kosmos, Konfusion

Kaffeemaschine, sieben Sprachen, null Filter – willkommen im Pausenraum.

„Kaffee, Kosmos, Konfusion"

Es war 10:59 Uhr, kurz vor der sogenannten „kleinen Pause". Eine heilige Zeit, in der selbst Olga für 12 Minuten nicht optimiert, sondern kaut. Ich öffnete die Tür zur Küche – pardon: zum internationalen Sammelpunkt kultureller Eigenarten unter Koffeineinfluss – und wurde sofort von einem Schwall Sprachen begrüßt, bei dem selbst Google Translate kapitulieren würde.

Jolana stand am Kühlschrank und diskutierte mit Natasha – auf einem Mix aus Polnisch und sehr mutigem Deutsch – über einen angeblich verschwundenen Apfel.

Petr saß auf dem Boden in Schneidersitz, kaute Nüsse und starrte auf eine Wand, als würde dort das Geheimnis des Universums erscheinen.

Julia schrieb nervös in ihr Notizheft:

„Heute Jolana sagt Apfel geklaut. Ich war nicht. Vielleicht schreiben: Apfel von gestern behalten?"

Silvetta knallte die Kühlschranktür zu, schnappte sich ihren veganen Leberwurstaufstrich (ein Geschenk von Petr, den sie eigentlich nicht ausstehen kann) und rief durch den Raum:

„Ey! Wer hat mein Nagellack in de Microwell gepackt?! Ich schwör, der is jetzt wie Pudding – den kannze dir anne Stirn klatschen!"

Nicoletta versuchte derweil, sich einen Tee zu machen, wurde aber von mindestens drei Sprachen gleichzeitig verbal abgefüllt:

„Kolik máte dneska masáží?" – „Ty moja, ty si vzala môj čaj?" – „Я сказала, что это моё молоко!"

Sie sah mich an, mit der Hilflosigkeit einer frisch entkalkten Teetasse.

„Fritz… ich versteh kein Wort. Ist das… russisch? Oder so?"

Ich überlegte.

„Ich glaube, das war Julia. Oder Mona. Oder Lettisch. Oder… einfach Küchensprache."

Dann trat Olga ein – wie ein Orkan in Business-Slippern.

„Warum riecht's hier nach Räucherstäbchen und Käse?"

Petr hob nur den Blick.

„Ich bereinige Raum mit Klang. Käse ist kollektive Erinnerung."

Olga ignorierte ihn, nahm sich einen Joghurt (natürlich bio, natürlich von Jolana beschriftet mit „BITTE NICHT NEHMEN") und murmelte:

„Ich schreib bald ein Buch über diesen Pausenraum. Titel: Zwischen Quark und Quantentheorie."

Dann klingelte Nicolettas Handy. Ein Herz-Emoji erschien. Sie lächelte.

„Aww… mein Freund hat mir 'nen Guten-Morgen-Song geschickt."

Silvetta riss sich das Handy aus der Hand, hörte kurz rein und sagte trocken:

„Was solln das? Klingt wie GZSZ uff Autotune."

Nicoletta war gekränkt. Julia schrieb ins Heft:

„Nicoletta traurig. Grund: Musik nicht gemocht. Vielleicht andere Musik vorschlagen?"

Petr, immer noch in Trance, sprach plötzlich in den Raum:

„Wir sind Klang. Auch in der Küche."

Dann ertönte ein lauter PLÖPP – die Kaffeemaschine explodierte leicht seitlich.

Niemand reagierte. Nur Silvetta sagte:

„War wohl wieder der scheiß Bio-Kaffee von der Mona. Der hat mehr Druck als die Olga an 'nem Dienstag."

Ich verließ den Raum – mit meinem Brötchen, einem leichten Tinnitus und dem Gefühl, Zeuge einer sehr speziellen, sehr lauten Form von Völkerverständigung geworden zu sein.

Julia schreibt: „Sprache: kreativ. Kaffee: zu stark. Fritz: Fluchtreflex sichtbar."

Kapitel 11 – Formular Fatal

*Joana erklärt, Nicoletta klickt, Marianna kontrolliert – ein
Formular, drei Frauen, ein Drama.*

„Formular Fatal"

Der Vormittag begann harmlos. Zu harmlos. Ich ahnte
Unheil – und ich sollte Recht behalten.

Ich war gerade dabei, eine Kundin mit Heublumen zu
versorgen (kein Kommentar), als ich das charakteristische
Aroma bemerkte, das sich vom Empfang aus durch das
gesamte Spa fraß: Joana war da.

Joana, unsere Beauty-Queen der Rezeption. Parfüm:
orientalisch. Auftreten: italienisch. Arbeitszeit:
stundenweise.

Man wusste immer sofort, ob sie da war. Die Duftwolke
schlug etwa fünf Minuten vor ihr ein.

Ich bog ums Eck und sah das Szenario:

Nicoletta saß am Computer, krampfhaft bemüht, ein
digitales Anmeldeformular auszufüllen.

Neben ihr: Joana, perfekt gestylt, Fingernägel wie aus dem
Nagelstudio einer venezianischen Opern-Diva. Sie beugte
sich dramatisch über den Bildschirm.

Und dahinter – wie das Phantom der Rezeption: Marianna, unsere Empfangsleitung mit dem Gesichtsausdruck einer Steuerfahnderin beim Überraschungsbesuch.

Es war wie ein stilles Theaterstück – nur mit sehr starkem Duft und sehr wenig Luft.

„Nicoletta, du musst das Dropdown-Feld korrekt auswählen", hauchte Joana mit einer Stimme, die sich anhörte, als würde sie gleich eine Opernarie anstimmen.

„Dropdown... ist das, wo was runterfällt?", fragte Nicoletta vorsichtig.

„Nicht runterfällt – aufklappt", flüsterte Joana geduldig, während sie sich eine Haarsträhne nach hinten legte, als wäre das Teil eines Rituals.

Marianna sagte nichts. Sie atmete streng.

Joana wollte zeigen, wie man das Formular korrekt abschickt – da beugte sich Marianna näher.

„Joana... nicht mit Enter bestätigen. Du musst vorher das Kontrollkästchen aktivieren."

„Ach ja, richtig... das hab ich dir ja gerade auch sagen wollen, Nicoletta", sagte Joana.

Nicoletta nickte tapfer – ihr Blick wanderte kurz zu mir, als wolle sie rufen: „Hol mich hier raus, Fritz!"

Ich trat näher. Fehler.

„Fritz, bitte nicht zu nah… ich trage Oud Royal Extreme", sagte Joana und wedelte mit der Hand wie mit einem unsichtbaren Fächer.

Ich taumelte innerlich. Oud Royal Extreme war das Parfüm, bei dem selbst Franz sagt: „Des is koa Duft mehr, des is a Übergriff."

Marianna, derweil unbeirrt:

„Joana, bitte gib Nicoletta die Maus nicht aus der Hand. Sie muss das lernen."

„Aber ich will doch nur helfen", hauchte Joana.

„Du hilfst. Mit Worten. Nicht mit Klicks. Das ist ein Ausbildungsplatz, kein Schminkspiegel."

Nicoletta rührte sich nicht mehr. Ich war mir unsicher, ob sie atmete.

Dann – das Unvermeidliche: Das Formular schloss sich. Ohne Speichern.

Stille.

Joana: „Ups."

Nicoletta: „War das jetzt falsch?" Marianna:

„Ich bin kurz draußen."

Sie verließ die Szene wie Angela Merkel nach einem Thermomix-Kochkurs.

Später traf ich Nicoletta in der Küche. Sie trank Tee und starrte ins Nichts.

„Weißt du, Fritz… ich hab jetzt gelernt, wie man nicht ein Formular ausfüllt."

Ich nickte.

„Das ist auch Bildung. Willkommen im realen Leben."

Joana rauschte an uns vorbei. Der Duft zog wie ein Sandsturm durch den Flur.

„Ciao, ihr Lieben! Ich muss noch Brautkleider anschauen – nur für den Fall!"

Ich murmelte:

„Nur für den Fall, dass ein reicher Scheich spontan im Dampfbad auftaucht…"

Und Nicoletta? Schrieb es ins Heft.

„Formular gelernt. Nicht klicken, nur schauen. Marianna gut zuhören. Joana nett, aber duftet stark."

Julia schreibt: „Nicoletta: überfordert. Joana: duftet. Marianna: kontrolliert. Ablauf: gestört."

Kapitel 12 – Schöner schlafen

Silvetta sorgt für Schönheits-Schlaf – mit Duftkerze und strenger Stimme.

„Schöner schlafen mit Silvetta"

Es war Freitagnachmittag, die Luft flirrte vor Lavendelduft und abgestandener Minzsauna. Ich machte mich gerade auf den Weg zu einer Detox-Leberwickel-Anwendung (mein persönliches Highlight im Bereich Placebo-Therapie), als ich ein leises „Ey, Scheiße!" aus Kabine 6 hörte.

Ich wusste: Silvetta arbeitet.

Ich spähte um die Ecke – und sah sie. In voller Aktion. Frisch lackierte Nägel, die Feile zwischen den Zähnen, den Gesichtsausdruck einer Chirurgin bei der Entfernung einer Zecke aus dem Auge.

Auf dem Behandlungsstuhl: Herr Blümel. Rentner, passionierter Wellnessgast, leicht schwerhörig, etwas zu bequem, aber mit dem Ego eines ehemaligen Opel-Verkäufers.

Er hatte sich für die Premium-Pediküre mit Fußbad und Fußmassage angemeldet. Und war – wie es der Kosmos so wollte – dabei eingeschlafen.

Silvetta stand da, die Fußcreme in der Hand, und starrte ihn an.

„Der pennt, Fritz. Der pennt mit offener Socke!"

Ich trat vorsichtig näher. Herr Blümel schnarchte. Laut. Im Rhythmus von Beethovens Neunter, allerdings rückwärts und nasal.

„Ich wollt grad de zweite Fuß anfangen, da zuckt der weg wie'n Aal auf Glatteis und zack! – der halbe Nagellack an meine neue Hose. Diese Scheiß-Öko-Farben trocknen langsamer als Marianna antwortet!"

Ich musterte Herrn Blümel. Er war weggetreten wie ein Teenager nach dem ersten Glühwein.

Seine Füße: der eine perfekt gecremt und lackiert, der andere... nun ja... naturbelassen.

„Was mach ich jetzt, Fritz? Wecken? Oder einfach weitermachen?"

Ich überlegte.

„Mach's leise. Vielleicht merkt er's nicht."

„Leise?! Ich bin Silvetta, nich der Wellness-Weihrauch. Ich schleif dem die Hornhaut ab, der denkt, er is' in 'nem Erdbebenfilm!"

Doch Silvetta, Profi durch und durch, machte sich ans Werk. Langsam. Vorsichtig. Sie trug Creme auf, als würde sie einem schlafenden Panda die Fußsohlen streicheln.

Und dann – der kritische Moment: der Zehenzwischenraum. Der Bereich, in dem bei älteren Herren mehr Überraschungen lauern als in einer Wundertüte aus dem Sanitätshaus.

Sie tupfte.

Sie feilte.

Sie – zog leicht am kleinen Zeh.

Und Herr Blümel schreckte hoch. Ruckartig. Reflexartig.

Der rechte Fuß schnellte nach vorne – und traf: den Hocker.

Der Hocker kippte.

Die Fußschale flog.

Ein Handtuch segelte wie ein depressiver Fallschirm zu Boden.

Und Herr Blümel? Rutschte in Zeitlupe vom Stuhl. Mit einem Ausdruck im Gesicht, als hätte ihm jemand gerade den Lebenslauf vorgespielt.

Stille.

Dann sagte Silvetta:

„Ey Fritz… ich schwör, das war de erste Pediküre mit Bodenkontakt."

Wir halfen Herrn Blümel auf. Er war verwirrt, aber unverletzt – und entschuldigte sich sogar:

„Ich war so entspannt… ich dachte, ich träum von meiner Fußpflegerin aus Wanne-Eickel."

Später schrieb Julia ins Heft:

„Blümel gefallen. Kein Blut. Nagel trotzdem schön. Vielleicht Polsterung für Silvetta besorgen?"

Ich traf Silvetta danach in der Küche. Sie kaute auf einem Keks, der verdächtig nach Aggressionsbewältigung aussah.

„Fritz", sagte sie, „ich sach dir eins: Wenn der nochmal einschläft, kriegt der halt beim Lackieren de Zehnägel zusammengeklebt. Dann läuft der wie 'ne Ente – aber sieht gut aus."

Ich nickte.

„Wellness hat eben auch ihre Schattenseiten."

Sie grinste.

„Aber bei mir wenigstens mit Glanzlack."

Julia schreibt: „Silvetta: ruppig charmant. Kundin: schläft. Wirkung: nachhaltig – in alle Richtungen."

Kapitel 13 – Twister trifft Zen

Wenn Petr meditiert und Alanya turnt – Duo-Massage auf zwei völlig verschiedenen Ebenen.

———————— ••••• ❖ •••• ————————

„Twister trifft Zen"

Der Tag begann wie so viele: mit einem leicht panischen Blick auf den Dienstplan und der stillen Hoffnung, dass Olga ihn vielleicht versehentlich falsch ausgedruckt hat. Doch nein – schwarz auf weiß, in der Handschrift des Schicksals:

„DUO-MASSAGE: Petr & Alanya – Gäste: Ehepaar Sommerfeld, Wunsch: ENTSPANNUNG"

Ich schluckte.

Petr, der menschgewordene Räucherstäbchengeist, der mit einem Finger massiert und dabei aussieht, als würde er innerlich mit dem Universum kommunizieren.

Und dann: Alanya.

Ein Phänomen. Eine Frau, die sich rückwärts in die Behandlungsliege einrollt, als sei sie für eine Zirkusnummer gebucht.

Wenn man ihr sagt: „Bitte sprich Deutsch mit den Gästen", sagt sie:

„Ja, natürlich… I will be very… gentle, ja?"

14:00 Uhr. Die Gäste erscheinen. Ehepaar Sommerfeld.

Er: steifer Banker, der „Entspannung" auf seine Bucket-List geschrieben hat.

Sie: Yoga-Fan, die jeden zweiten Satz mit „Meine Chakren fühlen sich heute blockiert" beginnt.

Die Massage beginnt.

Petr, links: ruhiger Atem, sanfte Bewegungen, ein Hauch von Pfefferminz in der Luft. Seine rechte Hand arbeitet in Zeitlupe, während sein Blick verträumt aus dem Fenster gleitet – vermutlich meditiert er gleichzeitig über den Sinn des Lebens und den aktuellen Luftdruck.

Alanya, rechts: ein Tornado auf zwei Beinen.

Sie hüpft, sie dehnt, sie schlängelt sich über die Liege wie ein humaner Oktopus auf Koffein.

Mit einem Fuß fixiert sie ein Tuch, mit dem anderen spielt sie offenbar Geige an der Wade der Dame.

„So, ich beginne jetzt… ganz sanft… with the elbow-kneading… gently… very gentle… ouch, sorry!"

Der Gast zuckt. Die Liege wackelt. Petr massiert weiter – völlig unbeeindruckt. Eventuell war er kurz bewusstlos, schwer zu sagen.

„And now I do the stretch – zieh dich! – äh, I mean I pull you… elegant, yes?"

Sie zieht den rechten Arm der Dame über den Rücken, gleichzeitig wickelt sie ein Handtuch um ihren eigenen Oberschenkel, und für eine Sekunde sieht das Ganze aus wie ein sehr intimer Wrestling-Move aus einem osteuropäischen Spartenkanal.

Die Sommerfelds? Reden nicht mehr. Sie atmen nur noch. Tief. Unsicher.

Ich spähte durch den Türspalt. Petr massierte weiterhin mit einem Finger. Vielleicht war es mittlerweile telepathisch.

Alanya hingegen turnte inzwischen halb auf der Liege, halb im Raum.

„And now… the polish special… it's like a wave… only more... twisty!"

Dann, der Knaller: Alanya setzte zum legendären Schrauben-Griff an – eine Bewegung, bei der sie beide Füße auf den Boden stemmt, ihre Hüfte über dem Gast kreist und ihre Hände synchron eine rhythmische Spiralbewegung vollführen, bei der man nie weiß: lockert sie die Muskulatur oder ruft sie Geister?

Der Gast schrie nicht. Aber seine Augen waren weit offen.

Nach 50 Minuten war Schluss. Die Sommerfelds lagen reglos da. Ein wenig wie nach einem Verkehrsunfall – nur mit Lavendelduft.

Beim Verlassen des Raumes sagte Frau Sommerfeld:

„Ich fühle… mich… ja… irgendwie… bewegt."

Ihr Mann murmelte nur:

„Ich spür nix mehr. Aber vielleicht ist das gut."

Später fragte ich Petr, wie er die Stunde empfunden hat.

„Gut. Viel Energie. Ich bin Wind. Alanya ist Sturm."

Ich nickte.

Alanya kam vorbei, ein wenig verschwitzt, aber strahlend:

„Fritz! War super. Der Mann hat kaum geschrien. Und sie hat einmal fast gelacht. Ich glaube, ich mache Fortschritte!"

Ich schrieb in mein unsichtbares Tagebuch:

„Wenn der Körper spricht – und gleichzeitig tanzt, liegt Alanya nicht weit."

Julia schreibt: „Alanya: beweglich. Petr: unbeweglich. Fritz: überfordert. Duo-Massage: sehr einseitig synchron."

Kapitel 14 – Die große Ver(w)irrung

Zwei Sprachen, keine Verbindung – dafür viermal falscher Massageraum.

„Die große Ver(w)irrung"

Es war ein Montagvormittag, wie er im Wellnessbuch steht: leicht verkatert, aber mit Hoffnung. Ich war gerade dabei, in der Küche eine Banane zu suchen, die nicht nach Aromaöl schmeckte, als ich aus der Ferne Stimmen hörte – laut, durcheinander, leicht parfümiert. Ich wusste sofort: Joana ist da.

Ich schlich zur Rezeption. Und da stand sie:

Joana, wie immer perfekt gestylt, mit einem Duft, der Nasengänge verklebt und Tauben von der Terrasse vertreibt. Heute in „Farbe Herbstblatt auf Satin".

Neben ihr: Alanya, wie immer bemüht. Ihr Gesicht sprach: „Ich bin dabei, Deutsch zu lernen, aber es widersetzt sich."

Und vor ihnen: Herr Lindner. Kein Politiker, sondern ein Gast. Mitte 60, leicht genervt, mit dem Wunsch nach einem einfachen Handtuch.

„Ich hätte gern ein zusätzliches Handtuch für den Saunabereich", sagte er.

Joana strahlte:

„Natürlich, Herr Lindner! Alanya, kannst du bitte…?" Alanya nickte eifrig.

„Ja. Ich bringe… you want… äh… big towel or… this other thing… maybe for the Kopf, ja?"

Herr Lindner runzelte die Stirn.

„Ich meinte ein normales Handtuch… für den Körper."

Alanya überlegte.

„Normal… is for normal body, yes? Not for special? You not special?"

Joana lächelte entschuldigend:

„Alanya, gib ihm bitte einfach ein ganz normales Handtuch."

Alanya flitzte los, kam zurück – mit einem Bademantel, einem Saunakilt und einem Fußhandtuch.

„You choose – maybe you wear all, is besser." Herr Lindner blickte auf den Stapel.

„Ich… ich wollte nur eins."

Joana trat ein:

„AlanyaNatasha, der Herr möchte nur ein Handtuch."

Alanya nickte.

„Aber ich dachte… maybe he cold, then better two. Oder auch Kopf schwitzt. Kopf auch Sauna, ja?"

Joana seufzte.

„Nein, Alanya. Ein. Normales. Handtuch.“

– „Ist gut. I learn. One towel. For normal people.“

Herr Lindner lächelte gezwungen, nahm das Handtuch und fragte beiläufig:

„Und wo ist der Saunabereich nochmal?“

Joana setzte zu einer Auskunft an – da übernahm Alanya euphorisch:

„You go... straight, then left, then... äh... no left... wait... you go like snake. Through the long... äh... Schlauchgang... and then... boom – Sauna!“

Herr Lindner sah mich an, der ich gerade dazu kam, und sagte:

„Ich nehme an, Sie können mir auch den Weg zeigen?“

Ich grinste.

„Klar. Wenn Sie wollen, auch ohne Schlangenweg und ohne Knalleffekt.“

Joana, währenddessen, schaute leicht indigniert in ihr Tablet, murmelte aber laut genug:

„Ich sag's ja: Ich bin nur ein paar Stunden da, und trotzdem der Fixstern hier...“

Alanya nickte stolz, verstand aber nichts.

„Yes. You star. I also moon maybe.“

Ich ließ Herrn Lindner seinen Weg finden, Joana ihre Wichtigkeit genießen und Alanya… weiterlernen.

In der Küche sagte ich später zu Nicoletta:

„Stell dir mal vor, Alanya und Joana leiten mal gemeinsam einen Workshop."

– „Nur wenn der Workshop über Reizüberflutung ist."

Und Julia? Schrieb ins Heft:

„Joana: Gut gestylt, viel Parfüm. Alanya: Hilfsbereit, aber kompliziert. Gast hat Handtuch bekommen. Erfolg."

Julia schreibt: „Joana: Gut gestylt, viel Parfüm. Alanya: Hilfsbereit, aber kompliziert. Gast hat Handtuch bekommen. Erfolg."

Kapitel 15 – Sauna Selfie Showdown

Influencer-Alarm in der Aufguss-Sauna: Fritz trifft auf Ringlicht, Hashtags und Menthol-Dampf.

„Sauna Selfie Showdown"

Es war ein Samstag. Draußen 28 Grad, drinnen 90 – aber mit ätherischen Ölen und dem Geruch von frischem Birkenreis. Ich stand in der Aufguss-Sauna, bereit für mein Nachmittags-Highlight:

„Fritz' Alpenkräuter-Aufguss mit Fichtennadel, Minze und einem Hauch von Hölle."

Die Gäste saßen bereits. Erste Reihe: die üblichen Verdächtigen – zwei ältere Herren mit Handtüchern wie Toga-Träger, eine Dame mit „Ich bin Saunaprofi"-Stirnband, und dann: Influencerin Gina von Insta, samt Freund, der aussah wie ein Proteinshake in Menschengestalt.

Gina hatte alles dabei:

Ringlicht (im Handtuch versteckt), wasserfestes Make-up und einen Selfie-Stick mit Bluetooth-Auslöser. Und während ich den Aufguss vorbereitete, flüsterte sie bereits:

„Baby, film wie er das Wasser aufgießt. Das Licht, das Licht! Und dann, wenn's dampft – Slow-Mo!"

Ich drehte mich um.

„Liebe Gäste, der Aufguss beginnt jetzt. Bitte keine Kameras – Schwitzen ist Privatsache."

Gina nickte – und drückte heimlich auf „Aufnahme".

Ich goss das erste Wasser auf. Das Zischen, das Knacken, der aufsteigende Dampf – ich wedelte mit meinem Handtuch, meine legendäre „Fächertechnik mit Körpereinsatz".

Und da passierte es.

Gina sprang plötzlich auf, stellte sich in den Dampfstrahl und rief:

„Leute, das ist THE MOMENT! #SchwitzMitFritz – LIVE aus der Dampfkammer!"

Die Kamera lief.

Ich wedelte weiter. Immer professionell. Innerlich kurz vorm Kreislaufkollaps.

Der Herr aus Reihe zwei murmelte:

„Kann die net schwitzen wie normale Leute?"

Ich beugte mich zu Gina:

„Das ist ein Aufguss, kein Musikvideo."

– „Aber Fritz, Baby! Du bist ein STAR! Ich hab schon 800 Likes!"

Ich dachte kurz daran, das Handtuch wie ein Ninja-Wurfgeschoss zu verwenden, entschied mich aber für: Diplomatie.

„Gina. Entweder du setzt dich hin – oder ich mach jetzt den Menthol-Aufguss. Und der geht viral... aber im Rachen."

Sie setzte sich.

Dann – der große Moment: ich griff zur Eis-Kugel mit Fichtennadelöl. Meine Spezialität. Ich legte sie auf die heißen Steine – und der Dampf explodierte wie ein aromatischer Vulkanausbruch.

„Oh mein Gott!", rief Gina, „Das fühlt sich an wie... wie eine Gesichtsbehandlung aus dem Jenseits!"

Ihr Freund atmete tief ein – und röchelte:

„Boah, Digga... ich seh Sterne…"

Die übrigen Gäste applaudierten – teilweise aus Begeisterung, teilweise aus Sauerstoffmangel.

Nach dem Aufguss, beim Rausgehen, fragte mich der Herr mit dem Stirnband:

„Sagen Sie mal, Fritz... die war echt oder gebucht?"

Ich: „Die Likes waren echt. Der Schweiß auch."

Später, im Personalraum, zeigte mir Nicoletta ein Reel auf Instagram:

„Guck mal Fritz – #SchwitzMitFritz hat 12.000 Aufrufe. Und jemand kommentiert: ‚Der mit dem Fächer hat Aura.'"

Ich nickte.

„Dann kann ich ja bald Merch rausbringen. 'Aroma? – Nur mit Fritz.'"

Julia schreibt: „Fritz beliebt. Aufguss erfolgreich. Eine Influencerin hat fast geweint. Alles wie immer."

Kapitel 16 – Aufguss mit Klangschalen

Wenn Franz den Gong schlägt und selbst die Klangschalen kurz zusammenzucken.

„Klingeling im Schwitztempel"

Es war ein Sonntag, kurz nach Mittag. Der Himmel grau, die Gäste träge, das Buffet leergefressen. Ein perfekter Zeitpunkt für etwas Neues. Etwas Sanftes. Etwas… Klangvolles.

„Franz macht heute seinen Klangschalen-Aufguss", verkündete Marianna mit der Begeisterung einer Frau, die weiß, dass sie den Aufräumdienst danach hat.

Ich sah Franz in der Umkleide. Barfuß. In sich ruhend. Umgeben von sieben Klangschalen, zwei Gongs, einem Holzfrosch und – aus mir unerklärlichen Gründen – einer Rassel mit Federn.

„Fritz", sagte er mit ernster Miene, „heut geht's net nur um's Schwitzen. Heut schwingen wir mit'm Kosmos."

„Schwingen?", fragte ich.

„Energetisch. Die Leut san überreizt. Sie brauchen Frequenz, ned nur Hitze."

Ich nickte. Beruflich leide ich öfter unter „energetischem Wackelpudding". Klang klang also ganz gut.

15:00 Uhr. Sauna. 85 Grad. Die Gäste saßen erwartungsvoll. Ich war als Backup eingeteilt. Für Notfälle. Oder wenn jemand versucht, eine der Klangschalen zu klauen (passierte wirklich schon mal – die Dame behauptete, sie dachte, es sei ein neues Fußbadkonzept).

Franz betrat den Raum. Langsam. In weißem Leinen. Klangschale in der Hand wie ein heiliger Gral.

„Grüß Gott. I bin Franz. Und des wird koa Aufguss. Des wird a G'spür."

Er setzte sich in die Mitte. Schlug die erste Schale an.

„DOOOOOIIIIINNNNNGGGG."

Die Sauna vibrierte leicht. Der Mann in Reihe 2 zuckte.

Dann goss Franz mit einer würdevollen Bewegung Wasser mit Salbei-Zitrone auf die Steine. Es zischte. Ein sanfter Dampf breitete sich aus – sehr angenehm.

Dann: die zweite Schale.

„BLOOOOONGGGG."

Ein Mann nieste. Eine Frau öffnete vorsichtig ein Auge. Franz drehte sich langsam und sagte:

„Wenn's in eich summt – des is euer innerer Widerstand, der sich auflöst."

Ich schwöre, der Typ in Reihe 3 versuchte, seine Bauchmuskeln zu hören.

Dann: Gong Nummer 1.

„BWWWWWOOOOOMMMM."

Die Sauna bebte. Ein Kind schrie kurz im Tauchbecken draußen. Ich beobachtete das Ganze fasziniert.

Dann kam der Höhepunkt:

Franz setzte die große Klangschale – wirklich groß, fast Waschbeckengröße – direkt auf den Boden der Sauna. Er trat einen Schritt zurück. Hob den Schlegel.

„Jetzt stimma uns auf die tiefste Frequenz ein – die Erdschwingung."

Er schlug zu.

„WOOOOWOOOOMMMMMMMMMMMMM."

Die Sauna vibrierte. Der Bademantelhaken wackelte. Ein Mann ließ vor Schreck sein Handtuch fallen. Eine ältere Dame sagte benommen:

„Ich glaub, ich spür mein drittes Knie."

Franz stand da, zufrieden.

„So. Des war's. Spürt's euch? Ihr seids jetzt Klang. Ned mehr Mensch."

Der Applaus war zaghaft. Die Verwirrung groß. Die Entspannung… nun ja… individuell.

Später traf ich Franz beim Wasserholen.

„Und, Franz? Zufrieden?"

„Sehr. Nur dass der Gong von de Leit als 'nervlich grenzwertig' beschrieben wurde, find ich a bissl übertrieben."

Ich grinste.

„Nächstes Mal vielleicht mit leiseren Schalen?"

„Oder mit Oropax für alle", sagte er.

Julia schreibt: „Franz: Sehr ruhig. Gäste: Sehr laut. Sauna: Leicht beschädigt. Erfolg unklar."

Kapitel 17 – Marianna geht fliesen

Nicoletta allein an der Rezeption – was kann da schon schiefgehen?
Genau: Alles.

———————— ••◦◦◦ ◀▪▶ ◦◦◦•• ————————

„Der Tag, an dem Marianna fliesen ging"

Es war kurz nach 9 Uhr, als ich mit meinem Kaffeebecher durch die Rezeption schlenderte. Alles wirkte ruhig – zu ruhig.

Dann sah ich sie: Nicoletta.

Allein.

Am Empfang.

Blass. Mit hektischen Augen. Umklammert von ihrer Kaffeetasse, als hinge daran ihre Ausbildungszulassung.

Ich trat näher.

„Nicoletta… bist du heute ganz allein?"

„Marianna ist wieder beim Haus. Irgendwas mit Dachsparren und Silikonfugen. Und Joana kommt erst am Nachmittag – wegen Brautkleideranprobe. Ich… mach das schon… glaub ich."

Ich wollte etwas Tröstliches sagen, da klingelte das Telefon.

Dann die Tür.

Dann kam Natasha mit zwei Zetteln, die sie gleichzeitig zeigen wollte.

„Fritz… bleib bitte."

Und dann – der Tag nahm Fahrt auf.

09:22 Uhr: Ein Gast fragt nach dem Spa-Menü. Nicoletta überreicht ihm versehentlich die Reinigungsdienst-Checkliste. Der Gast fragt, was ein „Mopp-Detox" ist.

09:27 Uhr: Natasha möchte Nicoletta helfen. Möchte.

„I say guest he come too early, but in english… maybe he think he get present?"

Der Gast will jetzt sein Geschenk. Nicoletta bietet ihm ein Kräutertee an. Der Gast nimmt's – enttäuscht.

10:00 Uhr: Silvetta rauscht herein.

„Ey Nicoletta, sach mal, warum is meine Kundin noch nich da? Ich hab hier de pinken Glitzerlack schon offen – dat Zeug trocknet schneller als Franz schnauft!"

– „Die Kundin kommt laut Plan um 11."

–   „Wat?! Dann schreib ich dem Plan ne

Nachricht!" Sie tippt wütend in ihr Handy. An wen?

Unklar.

10:15 Uhr: Joana ruft an.

„Ich kann doch erst gegen 13 Uhr. Ich hab den Friseur verschoben – wegen Lichtverhältnissen im Spiegel. Weißt du, wie wichtig das für meine Brautrobe ist?"

Nicoletta:

„Ja, total verständlich…" (flüstert: „Gar nix versteh ich.")

10:30 Uhr: Julia taucht auf.

„Ich hab frei, aber ich schau nur kurz nach meinem Heft."

Sie schaut. Und bleibt.

Dann schreibt sie:

„Nicoletta allein. Viele Gäste. Natasha hilft. Hilfe unklar."

11:00 Uhr: Die nächste Welle.

– Ein Gast hat die Massagezeit verschlafen und möchte „trotzdem bitte dasselbe Erlebnis".

– Ein anderer will einen Bademantel in Größe „Apfelgrün".

– Franz kommt, um einen Gong abzugeben („Hat sich wieder aufgeladen.")

Nicoletta versucht alles: telefonieren, eintragen, umtragen, weglächeln. Natasha bringt ihr Tee – mit Kaffee drin.

„I try fusion. East and West."

12:00 Uhr: Joana betritt endlich das Gebäude. Man riecht es.

„Na? Wie lief's ohne mich?"

Nicoletta schaut sie an. Augen rot. Lippen trocken. Stimme brüchig.

„Ich... hab überlebt."

Joana nickt.

„Gut. Jetzt mach ich erst mal ein Reel. Heute ist so ein schöner Glow hier."

Nicoletta dreht sich wortlos um, geht zur Küche – und isst ein trockenes Knäckebrot wie ein Veteran auf Heimaturlaub.

Ich treffe sie später am Fenster. Sie schaut hinaus, als würde sie innerlich den Dienst quittieren.

Ich frage:

„War's sehr schlimm?"

„Nicht schlimm. Lehrreich. Ich weiß jetzt, dass Detox-Tee nicht hilft, wenn du brennst."

Ich klopfe ihr auf die Schulter.

„Willkommen in der Hotellerie."

Julia schreibt: „Nicoletta tapfer. Gäste überlebt. Natasha verwirrt. Joana kommt zu spät, aber gut duftend. Erfolg: Überdurchschnittlich."

Kapitel 18 – Die Stille wedelt mit

Jolana wedelt nicht – sie tanzt. Die Sauna verneigt sich vor so viel Anmut.

„Die Stille wedelt mit"

Es war einer dieser Tage, an denen du genau weißt: Heute läuft alles nicht wie gewohnt.

Denn du, Fritz, hattest frei – verdient natürlich. Wahrscheinlich in der Küche, ein Brot schmierend oder einen Teebeutel beleidigend, weil er zu schwach zieht.

Jolana war als Vertretung eingetragen.

Aufguss um 16:00 Uhr.

Thema: „Innere Balance mit Lavendel und Harmonie-Fächertechnik".

Ich wusste: Das wird... anders.

Ich war neugierig – also setzte ich mich hinten rein.

Die Sauna war gut gefüllt: Gäste, die deinen legendären „Fichtennadel-Dampfhammer" kannten, rechneten mit einem ähnlichen Erlebnis.

Dann trat sie ein.

Barfuß. Fließend. Sanft wie eine Yoga-DVD auf 0,5-facher Geschwindigkeit.

In der einen Hand: ein filigraner Fächer aus Bambus.

In der anderen: ein kleines Schälchen mit Lavendelwasser.

Auf dem Kopf: ein dezentes Stirnband, das aussah, als sei es aus einem Klangschalenkatalog entsprungen.

„Grüß Gott. Ich bin Jolana. Wir machen heute… nicht heiß. Wir machen… weich."

Ein Gast in Reihe 2 hustete kurz – vielleicht aus Skepsis, vielleicht wegen Pollen.

Jolana goss Wasser auf die Steine. Es zischte – zart, fast höflich. Kein Vergleich zu deinem „Jetzt kommt der Hammer!"-Moment, bei dem der Dampf durch den Raum peitscht wie ein wütender Waldgeist.

Und dann begann sie zu wedeln.

Nein, nicht wedeln. Sie tanzte.

Mit kleinen, kreisenden Bewegungen.

Es war, als würde eine indische Tempeltänzerin ein Gespräch mit einem Blatt Papier führen.

Der Dampf bewegte sich nicht – er meditierte.

Ein Gast in der ersten Reihe flüsterte:

„Kommt da noch was? Oder ist das schon die Vorbereitung?"

Ein anderer versuchte, sich selbst Luft zuzufächeln, wurde aber von Jolanas Blick gestoppt:

„Bitte… nicht selber wedeln. Dampf hat eigene Reise."

Dann die zweite Runde.

Jolana holte einen Tropfen Minzöl hervor – auf einem Tuch! – und wedelte ihn durch den Raum.

Ein Hauch von Frische streichelte die Nasenflügel wie ein veganer Luftkuss.

„Fühlen Sie, wie der Atem sich verändert?", fragte

sie. Ein älterer Herr nickte.

„Ich fühl, dass ich mehr schwitz bei Steuererklärung."

In der dritten Runde begann sie zu summen.

Leise. Fast wie eine Biene mit Meditationshintergrund.

Der Dampf stand. Die Gäste auch – kurz davor, einzuschlafen.

Dann: Abkühlung.

Aber statt wie du, Fritz, mit kerniger Ansage das Eiswasser zu servieren („So, jetzt wird abgelöscht, Leute!"), brachte sie einen nassen Waschlappen.

Einen.

Reihum.

Nach dem Aufguss: Schweigen.

Kein Jubel, kein Applaus – nur eine gewisse Verwirrung im Raum.

„War das jetzt… fertig?", fragte ein

Gast. Jolana nickte.

„Alles ist fertig, wenn es sich rund anfühlt."

Später am Abend in der Küche fragte ich dich, Fritz:

„Und? Was sagst du zu Jolanas Aufguss?"

Du kaust auf einem Apfel und sagst trocken:

„Wenn ich wedel, fliegen Leute von der Bank. Wenn sie wedelt, fliegen Gedanken aus'm Kopf. Auch gut."

Julia schreibt: „Jolana ruhig. Gäste ruhig. Fritz nicht da. Sauna sauber. Alles weich."

Kapitel 19 – Einmal Jugend, bitte

Mona zaubert Jugend ins Gesicht – nur leider erst auf einer Seite.

„Einmal Jugend, aber bitte symmetrisch"

Ich war gerade auf dem Weg zum Salzpeeling (dienstags, donnerstags, samstags – ihr wisst), als ich draußen vor dem Beautyraum Stimmen hörte.

Aufgeregt. Hochfrequent.

Keine gute Frequenz.

Ich lugte durch den Türrahmen – und da war sie:

Mona.

Kleines schwarzes Arbeitskleid, Highlighter on point, Wimpern wie zarte Schmetterlingsflügel – und: sichtlich nervös.

Auf der Liege lag eine Dame mittleren Alters, nennen wir sie Frau Schnabel. Sie war zum Anti-Aging-Facial gekommen.

„Straff, frisch und filmreif", stand in der Buchung. Und wie man Mona kennt, nimmt sie so etwas wörtlich.

„Silvetta", zischte sie, als diese um die Kurve kam. „Bleib kurz hier. Ich glaub, ich hab… ich hab ein kleines… Ding."

„Ein kleines Ding?", fragte Silvetta.

„Okay… ein halbes Gesichtsding."

Silvetta trat näher.

Links: glatt, strahlend, jugendlich wie frisch gephotoshopt.

Rechts: na ja… wie vorher.

„Ich hab das neue Serum probiert. Der Vertreter hat gesagt: Achtung, Sofort-Effekt. Aber ich dachte halt, ich test es erstmal auf einer Seite…"

„Und?"

„Und jetzt ist es halt… krass. Also… richtig krass."

Frau Schnabel setzte sich gerade auf, schaute in den Spiegel – und schrie kurz leise.

„Ich seh aus wie meine eigene Vorher-Nachher-Werbung!"

Silvetta starrte auf das Kunstwerk.

Links: 42.

Rechts: 57.

„Das ist nicht mehr Beauty. Das ist optische Zeitreise.", sagte sie.

„Was soll ich tun?", keuchte Mona.

„Na ja… entweder du ziehst's durch und machst die andere Seite auch… oder du machst ein Insta-Reel draus. 'Halb Jung – halb Erfahrung.'"

Mona war kurz davor, hysterisch zu lachen. Oder zu weinen. Oder beides.

Frau Schnabel stand auf, betrachtete sich von allen Seiten.

„Also… ich find's irgendwie… interessant. Könnte ich damit… Rabatt bekommen? Ich mein, ich krieg ja nur 50 % Verjüngung."

Mona war wie paralysiert. Silvetta übernahm diplomatisch.

„Frau Schnabel, wir bieten Ihnen entweder die zweite Hälfte gratis an – oder Sie lassen es so und laufen künftig im Halbprofil durch die Lobby."

Sie entschied sich für die Gratisseite.

Mona arbeitete zitternd, aber präzise. Als sie fertig war, war Frau Schnabel um gefühlte 20 Jahre jünger – aber völlig entgleist im Gesichtsausdruck.

„Ich glaub, ich kann nie wieder ungeschminkt an den Briefkasten gehen."

Als sie ging, drehte sie sich nochmal um.

„Falls Sie mal eine Vorführung brauchen – ich bin jetzt offiziell Werbung."

Silvetta sah Mona an.

Sie pustete sich eine Haarsträhne aus dem Gesicht.

„Silvetta… ich wollte doch nur ein bisschen Glow. Jetzt hab ich 'ne Zeitverschiebung ausgelöst."

Silvetta nickte.

„Willkommen im Beautybereich. Hier gibt's keine Fehler – nur virale Effekte."

Julia schreibt: „Mona: neues Serum. Gast: halb verjüngt, dann ganz. Silvetta rettet Stimmung. Optisches Chaos gebannt. Mona postet nix. Erfolg: überraschend."

Kapitel 20 – Frottee trifft Fitness

Wenn Fritz pantomimisch turnt und Simone der Atem stockt – vor Zorn, nicht vor Sport.

„Frottee trifft Fitness"

Manchmal beginnt der Tag früh. Sehr früh. Also noch vor dem Detox-Kaffee und bevor Olga anfängt, Dinge zu korrigieren, die gar nicht kaputt sind.

Und genau so ein Morgen war es, als ich – wie immer mit meiner kleinen Holztafel und dem Edding zwischen den Fingern – in die Schwimmhalle schlenderte, um die Aufgusszeiten für den Tag aufzustellen.

Und da war sie schon in voller Aktion:

Simone.

Unsere Fitness-Queen.

Gestählt, aufrecht, in grellbunten Funktionsleggings, mit einer Stimme wie ein Presslufthammer auf Motivationspille.

„Und eins! Und zwei! Hüftkreisen! Beine hoch! Schwung aus der Körpermitte! NICHT schummeln, Frau Götz!"

Ich schlich mich leise an den Beckenrand, stellte meine Tafel auf –

und konnte nicht anders.

Die Versuchung war zu groß.

Ich griff mir ein Pool-Nudel-Ersatzgerät (also diesen schaumstoffartigen Schwimmschlauch, der aussieht wie ein misslungener Regenwurm) und begann, Simones Übungen pantomimisch nachzumachen –

nur eben… in Fritz-Version.

–   Ich übertrieb die Hüftkreise wie ein betrunkener Flamingo.

– Beim Armheben war ich plötzlich ein Dirigent auf LSD.

–   Und beim „Brust raus, Bauch rein!" hielt ich mir dramatisch den Rücken, als wäre ich 112 Jahre alt.

Die Teilnehmerinnen kicherten.

Dann lachten sie.

Dann brüllten sie.

Simone drehte sich um – verwirrt.

„Konzentrieren, bitte! Ihr seid hier nicht bei der Faschingsgarde!"

Da sah sie mich.

Ich winkte fröhlich.

„Guten Morgen, liebe Bewegungsgruppe! Nur zur Info: In 3 Minuten beginnt der große Sektempfang an der Wellness- Sauna!"

Die Damen klatschten.

Einer rutschte fast von der Poolnudel.

Frau Götz rief:

„Endlich ein Fitnessziel, das mir gefällt!" Simone

atmete durch die Nase ein. Tief. Langsam.

„Fritz… möchtest du vielleicht auch mal eine Einheit leiten?"

„Klar. Ich nenn sie: Aufgusslauf mit Handtuch- Intervallen."

Am nächsten Tag wiederholte sich das Spiel.

Nur diesmal war Simone vorbereitet.

Ich schlich an – und da stand sie bereits mit einem Zettel in der Hand:

„Fritz' Trainingsplan: 20 Min. Seilchenspringen mit Birkenzweigen. Danach Peeling mit Sand aus der Bocciabahn. Zum Abschluss: Aqua-Qigong mit Petr."

Ich war beeindruckt. Und still.

Für drei Minuten.

Dann begann ich, im Hintergrund Trockenschwimmen in Slow-Motion zu machen – mit einem Gesichtsausdruck wie Gandalf beim Unterwasserritual.

Die Damen kicherten wieder.

Simone gab auf.

„Fritz, du bist der einzige Mann, der mit einem Handtuch mehr Unruhe stiftet als mit einer Trillerpfeife."

Ich verbeugte mich.

Und zog ab.

Julia schreibt: „Fritz stört Simone. Gäste amüsiert. Sportgruppe außer Kontrolle. Simone bleibt tapfer. Sektempfang: nicht echt. Erfolg: sportlich zweifelhaft, humorvoll maximal."

Kapitel 21 – Die ticklige Katastrophe

Die Füße der Kundin: eine tickende Zeitbombe. Fritz löst sie aus – mehrfach.

<hr/>

„Die ticklige Katastrophe"

Ich war gerade dabei, meine Liege frisch zu beziehen und das Sensitiv-Relax-Öl bereitzustellen – eine Mischung aus Traubenkern, Lavendel und dem stillen Wunsch, dass niemand dabei einschläft und anfängt zu schnarchen –, als sie den Raum betrat: Frau Dr. Ute Riedl. Sportlich, geschniegelt, der Blick kontrolliert wach. Sie hatte online die „Sensitiv-Relax-Massage" gebucht.

Ich begrüßte sie freundlich.

„Sie wissen, diese Behandlung beinhaltet viel Arbeit an den Füßen, speziell zur Beruhigung der Nervenreflexzonen."

„Kein Problem!", sagte sie. „Ich bin da total offen. Ich liebe es, mal loszulassen."

Das sagte sie.

Minuten später: Ich berühre sanft den rechten Fuß.

Sie zuckt.

Ich setze nochmal an – vorsichtiger.

Sie jault.

Ich blicke hoch.

Sie keucht:

„Entschuldigung… ich bin da… leicht kitzlig."

„Leicht" war eine Fehleinschätzung.

Denn was dann folgte, war ein Bewegungsdrama in sechs Akten – mit mir als Opfer.

Ich versuchte es erneut, mit zwei Fingern am Außenrist entlang.

Frau Riedl schoss das Bein hoch, wie ein Pferd auf Koffein.

„Uff! Entschuldigung!

Reflex!" Ich wich knapp dem

Fuß aus. Der Hocker hinter

mir nicht. Ich versuchte, sie zu

beruhigen.

„Vielleicht gehen wir über den Solarplexus… also sinnbildlich… über die Wade."

Sie nickte, atmete tief durch.

Ich setzte an.

Diesmal die Ferse. BÄM!

Das andere Bein stieg hoch wie beim Flamenco.

Ich fing es auf – mit meinem Ellenbogen.

Sie: „Das war jetzt unangenehm für Sie, oder?"

Ich: „Es gibt schlimmere Tritte. Pferde haben Hufe."

Ich wechselte zur linken Seite.

Vielleicht war da mehr Vertrauen. Oder weniger Nerv.

Ich setzte die Hände sanft an.

Sie hielt die Luft an.

Ich spürte Hoffnung.

Ich strich mit minimalem Druck über die Fußsohle.

Und dann passierte es.

Sie lachte.

Laut.

Unkontrolliert.

Und hob beide Beine gleichzeitig.

Ich duckte mich.

Ihr Knie traf fast mein Kinn.

Sie japste:

„Ich KANN da nichts dafür!"

„Ich weiß. Aber ich habe auch nur ein Gesicht."

Ich wechselte in den „Notfallmodus Fritz" – das heißt:

Ich ließ die Füße Füße sein und ging direkt zu den Schultern.

Da kann nicht viel passieren, dachte ich.

Falsch.

Denn als ich die Schulterpartie erreichte, zuckte sie plötzlich zusammen.

„Oh Gott, da bin ich auch empfindlich. Aber das ist emotional."

„Verstehe. Also... wie wär's mit Stirn? Oder einem Tee?"

Die Massage endete mit einem beruhigenden Hand-Stirn-Kombipaket und einem Lavendelsäckchen.

Sie war glücklich. Ich war dankbar, noch vollständig zu sein.

Am Ende sagte sie:

„Ich fühl mich herrlich gelöst. Wann kann ich wiederkommen?"

Ich:

„Ich meld mich... wenn ich ein Ganzkörper- Gummikostüm finde."

Julia schreibt: „Frau Riedl: sehr freundlich. Sehr mobil. Extrem reaktiv. Füße meiden. Fritz unversehrt. Erfolg: bedingt, aber erlösend."

Kapitel 22 – Alarm im Sprudelbad

Wenn Gäste Whirlpool mit Notruf verwechseln – und Joana fast der Mascara verläuft.

„Alarm im Sprudelbad"

Es war ein ganz normaler Dienstag. Das bedeutet: drei Peelings, zwei verlegte Schlüssel, ein Gast mit dem Wunsch nach einer Massage „wie in Thailand, aber ohne Schmerzen" – und Joana, die wie immer zu gut duftete, um Ärger zu wittern.

Kurz vor Mittag hörte ich hektische Schritte in der Küche.

Joana stürmte herein, den Ausdruck purer Panik im Gesicht – oder war es nur der Lidstrich, der leicht verrutscht war?

„Ich hab einen Alarm!", rief sie.

„Einen was?", fragte ich. Nicoletta legte instinktiv ihr Brötchen zur Seite. Julia griff zum Heft.

„Ein ALARM! Rezeption blinkt. Rotes Licht. Ich glaub, das war der Whirlpool-Raum!"

Wir waren sofort auf den Beinen. Also alle – außer Julia, die schnell ihr Heft holte.

„Der Hausmeister muss kommen!", rief Joana. „Der kennt alle Alarmanlagen!"

Fünf Minuten später – nach Suchaktionen in Technikräumen, Kellerfluren und auf der Suche nach dem heiligen Handwerkergral – war er da: unser Hausmeister.

Er sah aus wie ein Mann, der gerade aus der Waschstraße gefallen war, aber mit Werkzeug.

„Whirlpool?", fragte er. „Okay, ich schau."

Wir näherten uns dem Raum. Vorsichtig. Wie eine Spezialeinheit.

Tür auf.

Da saß der Gast.

Zufrieden.

Im Sprudelbad.

Mit geschlossenen Augen und einem Gesichtsausdruck wie Buddha nach der fünften Klangschale.

„Ist… alles in Ordnung?", fragte Joana.

Der Gast öffnete ein Auge.

„Ja. Warum?"

„Weil… Alarm…?"

Er sah uns alle an.

Dann auf die Leine neben sich.

„Ach das! Ich dachte, das startet den Whirlpool. Ging ja nix los…"

Es herrschte kurz Stille.

Nur das Blubbern des Whirlpools war zu hören.

Der Hausmeister seufzte.

Ich drehte mich zur Seite, um nicht laut zu lachen.

Joana lächelte dünn.

„Also, die Leine ist für Notfälle."

„Ah. Mein Fehler", sagte der Gast.

Am nächsten Tag gab es eine Schulung. Thema: „Welche Leine darf man ziehen – und welche lieber nicht."

Joana sagte später zu mir:

„Ich glaub, ich brauch auch so einen Knopf. Wenn mir jemand wieder erklärt, wie man ein Formular ausfüllt, ohne zu atmen."

Ich nickte.

Olga nahm den Whirlpool zur Sicherheit erstmal außer Betrieb.

Julia schreibt: „Joana ruft Alarm. Fritz ruhig. Hausmeister sucht. Gast blubbert. Whirlpool gewinnt. Erfolg: feucht, aber lehrreich."

Kapitel 23 –
Verdampft
verwechselt

Steven, der Aufguss-Held in der falschen Sauna –
mit musikalischem Nachspiel.

„Verdampft verwechselt"

Steven, mein Vertreter bei Aufgüssen, ist ein netter Mensch. Optischer Endvierziger, norddeutsch bis in die Poren, mit dem Humor eines Spülschwams – trocken, unterschätzt, aber irgendwie unverwüstlich.

Seine Aufgüsse sind... sagen wir mal: experimentell.

Nach einer kurzen Einweisung meinerseits – „Hier ist der Eimer, da sind die Steine, wedeln ist wie Tanzen mit einem Handtuch" – durfte er zum ersten Mal eigenständig ran.

Die ersten zwei Aufgüsse in der Wellness-Sauna verliefen halbwegs planmäßig.

Nur einmal sagte ein Gast, er habe sich gefühlt „wie in einer norddeutschen Windhose mit Lavendelnote". Ich wertete das als Erfolg.

Doch dann kam der große Moment: Blockhaus-Sauna. 16.00 Uhr.

Steven bereit.

Gäste bereit.

Ich... irgendwo im Haus unterwegs.

Um 16:15 Uhr traf ich zufällig zwei Gäste im Bademantel auf dem Gang.

„Wird der Aufguss heute noch nachgeholt?" Ich

stutzte.

„Wie, nachgeholt?"

„In der Blockhaus-Sauna. Wir haben gewartet. 20 Minuten. Dann haben wir selbst aufgegossen."

Alarmstufe Frottee!

Ich stürmte Richtung Saunabereich – und hörte bereits leise Musik.

Nicht etwa sphärische Klänge oder Naturflöten. Nein.

Die Titelmelodie der Schwarzwaldklinik.

Ich öffnete die Tür zur kleinen Finnen-Sauna – und da war er.

Steven. Am Wedeln.

Zwei Gäste, sichtlich irritiert, schwitzten still. Ich

zog ihn dezent zur Seite.

„Steven... das hier ist die Finnen-Sauna."

„Ach so... ich dachte, das wär die mit dem guten Ausblick."

Ich erklärte ihm nochmal den Unterschied zwischen den Saunen.

Er: „Beim nächsten Mal beschrift ich mir die mit Edding."

Und dann kam sein Markenzeichen.

Musikquiz.

Nach der Schwarzwaldklinik folgte – natürlich – Torfrock.

„Beinhart wie'n Rocker…"

Die zwei verbliebenen Gäste in der kleinen Sauna wedelten innerlich mit.

Am Abend sagte ich zu ihm:

„Steven... du bist einzigartig."

Er grinste.

„Ich weiß. Und nächstes Mal kommt Musik von Bonanza."

Ich machte mir eine mentale Notiz:

Gästeliste vorher prüfen. Und Kopfhörer bereitlegen.

Julia schreibt: „Steven: nett. Verloren. Aufgegossen, aber woanders. Gäste verwirrt. Musik seltsam. Erfolg: nur für Fans von Torfrock."

Kapitel 24 - Der eingesprungene Schwanensee

Ivan massiert wie ein Balletttänzer, ich massiere wie ich.
Gegensätze entspannen sich..

————————— •••••◦ ◇◈◇ ◦••••• —————————

Es war ein Samstag. Und ich wusste schon beim Blick auf den Dienstplan:

Heute wird's… speziell.

Denn dort stand:

„Duo-Massage mit Ivan"

Ivan. Der Freigeist. Der Weekend-Wellness-Prophet. Der Mann, der seine Fußsohlen vermutlich „Energieportale" nennt.

Wir hatten noch nie gemeinsam eine Duo-Anwendung gemacht – was auch daran lag, dass Ivan meist dann arbeitet, wenn niemand sonst arbeiten will. Er taucht auf wie ein Nebelschwaden aus Räucherwerk – lautlos, barfuß, vermutlich aus dem Nichts materialisiert.

Unsere Gäste an diesem Tag: ein älteres Ehepaar, sehr ruhig, sehr unauffällig, sehr... liegeorientiert.

Wir begannen.

Ich, wie immer, mit klarer Linie. Öl, Druck, Entspannung – rustikal, aber herzlich. Und Ivan? Er... tänzelte.

Nicht im übertragenen Sinne. Nein – er tanzte.

Der Einstieg in die Beinmassage war ein rechts eingesprungener Rittberger, gefolgt von einem fließenden Übergang in einen rückwärtigen Tulup, während seine Hände sanft, aber in rhythmischer Unregelmäßigkeit auf dem Rücken des Gastes schwebten wie Seerosen auf einem Teich.

Ich verlor kurz den Fokus – und beobachtete ihn. Er bewegte sich wie ein Grashalm im Sommerwind, während sein linker Fuß auf Zehenspitzen den Massagetisch umschlich. Ich schwöre, ich hörte in meinem Kopf Tschaikowsky.

Und dann geschah es.

Ivan, vermutlich in einem Moment völliger Verschmelzung mit Raum und Zeit, blickte durch seine eigene Achselhöhle – direkt auf mich.

Unsere Blicke trafen sich. Es war kein Wettbewerb, es war... ein Dialog.

Ich fragte mich: Will er mich kopieren? Inspizieren? Oder einfach nur sicherstellen, dass ich noch da bin?

Der Gast bekam davon nichts mit. Das Gesicht nach unten, völlig entspannt – vermutlich kurz vor der REM-Phase.

Ich hingegen stand da, Öl in der Hand, Puls bei 120, und fragte mich: Ist das hier noch Massage… oder bereits kulturelles Erbe?

Am Ende – wie immer – warmes Tuch, gute Wünsche, Verabschiedung. Das Paar lächelte und sagte: „So was haben wir noch nie erlebt – aber es war... außergewöhnlich."

Ich nickte. „Ja, das war es."

Als Ivan den Raum verließ, machte er eine leichte Verbeugung – ob vor mir, dem Gast oder dem Massagetisch, weiß ich bis heute nicht.

Und Julia? Stand mit ihrem schwarzen Notizbuch in der Tür, blätterte kurz und schrieb: „Duo mit Ivan. Fritz: verwundert. Ivan: ballettös. Gast: stabil. Neue Form: Massage-Performance."

Ich werde nie wieder eine klassische Duo-Anwendung erleben, ohne Tschaikowsky zu hören. Und ich weiß: Ivan ist kein Masseur. Ivan ist ein Erlebnis.

Julia schreibt: „Duo mit Ivan. Fritz: verwundert. Ivan: ballettös. Gast: stabil. Neue Form: Massage-Performance."

Kapitel 25 – Simultan ins Nirwana

Ich dolmetsche live – spirituell improvisiert. Die neue Dolmetscherin kommt schnell.

„Simultan ins Nirwana"

Lucilla hatte mich gebeten, bei einem Vortrag zu dolmetschen.

Der Gast: Brian MacDelight – ein spiritueller Redner aus Übersee, der über seine Nahtoderfahrung sprach und dabei aussah wie ein amerikanischer Zahnarzt auf Sabbatical.

Lucilla war begeistert: „Er hat das Licht gesehen, Fritz! Das LICHT!"

Ich hatte zwar nur die dimmbare Lampe über der Massagebank gesehen – aber gut.

Sie fragte mich, ob ich simultan übersetzen könnte. Ich hatte ja mal in Amerika gelebt, also sagte ich:

„Klar. Mach ich."

Was ich nicht bedachte: Das war zur Zeit von Dallas und Magnum. Mein Englisch war also... sagen wir: Retro.

Der Saal war voll. Ich saß hinter Brian. Er sprach laut – aber leider nach vorne. Und ich hörte... nichts.

Also begann ich zu improvisieren.

Er sagte: „When I left my body, I felt nothing but love." Ich sagte ins Mikrofon: „Er hatte einen leichten Schwindel und dann... wurde es kuschelig."

Er sagte: „The angels guided me through a tunnel of light."

Ich übersetzte: „Er wurde von... Vögeln... durch einen Lichtschacht eskortiert."

Lucilla sah mich an. Ihr Blick wanderte.

Erst zu mir. Dann zu einer Kollegin an der Rezeption.

Dann: Kopfnicken. Reaktion: schneller als ein Aufguss mit Menthol.

Plötzlich saß jemand anderes auf meinem Stuhl. Muttersprachlerin.

Ich wurde ersetzt – und das in Rekordzeit, ohne Vorwarnung, ohne Ehrenrunde.

Brian drehte sich noch einmal zu mir um und sagte:

„You are a funny person. Wake up."

Lucilla lächelte gequält. Und ich?

Ich genoss den Rest des Vortrags als Zuschauer. Mit deutlich besserer Akustik.

Lucilla hat nie wieder darüber gesprochen.

Nicht weil sie es vergessen hätte – sondern weil sie zu perfekt ist, um auf Fehler hinzuweisen.

Vor allem, wenn sie in zweieinhalb Sprachen gleichzeitig passieren.

Julia, Seite 112:

„Fritz: Mutig. Brian: Verwirrt. Publikum: Spirituell halbinformiert.

Lucilla: Äußerlich ruhig, innerlich vermutlich in

Flammen. Dolmetscherwechselquote: 100 %.

Sprachniveau: von Englisch nach Improvisation.

Fazit: Das Licht gesehen haben viele – aber nur Fritz hat es falsch übersetzt.“

Kapitel 26 – Liebe auf den ersten Aufguss

Ein Paar, eine Sauna, viel Dampf – und ein romantischer Show-Aufguss mit Folgen.

„Liebe auf den ersten Aufguss"

Es war ein ganz normaler Freitag. Also – normal für ein Wellnesshotel, in dem sich Menschen freiwillig in 90 Grad heiße Holzkammern setzen, um dann zu sagen, wie „entspannt" sie jetzt sind.

Ich hatte Dienst. Und zwar keinen gewöhnlichen Aufguss. Sondern:

„Romantik-Schwitz-Special – Aufguss für Paare mit Rosenblüten, Honig und Herzklopfen-Garantie."

Ja, ich. Fritz. Der Mann mit dem Handtuch und der Temperaturkontrolle. Der Amor der Aufgusskabine.

Ich bereitete alles mit Liebe vor:

- Rosenwasser für Runde eins,

- Minze und Zimt für Runde zwei,

- und für die finale Phase: eine Schale mit warmem Honig – zum Einreiben. Oder, wie ich es nenne:

die erotische Variante vom Hautschutzprogramm.

Um Punkt 15 Uhr war die Sauna voll. Überwiegend Pärchen. Die einen hielten Händchen, die anderen hielten nur durch.

Und dann – ein leicht überbesetzter Moment an der Tür. Zwei Gäste setzen sich einfach nebeneinander auf die einzige noch freie Bank: Frau Schubert und Herr Halver.

Man merkte sofort: Das war kein Paar. Das war eher ein Zufall in Bademantelform.

Ich begrüßte alle mit meinem Klassiker:

„Sind alle Paare beisammen? Dann lasst uns gemeinsam Dampf machen – für die Liebe."

Frau Schubert und Herr Halver sahen sich erschrocken an.

„Äh… wir sind nicht zusammen", sagte sie hastig.

Ich grinste.

„Das sagen viele – bis zur dritten Runde."

Erste Runde: Rosenwasser. Ich goss auf, es zischte. Der Duft breitete sich aus wie ein Hochzeitstraum auf Lavendelkissen. Ich wedelte herzhaft. Sanft war gestern – heute wird's romantisch-erdig.

Zweite Runde: Minze und Zimt.

Herr Halver schwitzte inzwischen wie ein verliebter Dachs. Frau Schubert nutzte die Gelegenheit und tupfte ihm mit einem kleinen Handtuch den Schweiß von der Stirn.

„Sie haben so eine sanfte Aura…“, hauchte sie.

„Das ist wahrscheinlich das Zimt“, nuschelte er verlegen.

Dann kam der Höhepunkt: Honig. Ich stellte die Schale in die Mitte.

„Wer möchte, darf sich – oder gegenseitig – mit dem warmen Honig einreiben. Fördert die Durchblutung und die Zuneigung.“

Frau Schubert griff sofort zur Schale. Herr Halver wich zurück wie ein Igel vorm Rasenmäher.

„Ich… hab da Allergien. Ich glänze dann unkontrolliert.“

Gerade als ich dachte, jetzt ist alles gesagt, flackerte das Licht. Stromausfall.

Kurz. Aber intensiv.

Nur Dampf. Stimmen. Orientierungslosigkeit. Und irgendwo ein Glucksen, das nach Alanya klang.

Frau Schubert: „Herr Halver, sind Sie noch da?“

Alanya (aus der dritten Reihe): „Yes I am… but I not Halver… maybe next time?“

Ich: „Licht geht gleich wieder an – keine Panik, der Honig bleibt auf Wunschzone.“

Als das Licht zurückkam, saß Herr Halver einen Meter weiter rechts. Frau Schubert grinste.

Der Honig tropfte von der Bank.

Ich beendete den Aufguss wie immer professionell:

„Danke für's Schwitzen. Für's Vertrauen. Für's gemeinsame Kleben. Draußen wartet Tee mit Rosenaroma – nicht ganz so süß wie der Honig, aber verträglicher."

Beim Rausgehen beobachtete ich, wie Frau Schubert und Herr Halver tatsächlich zusammen den Ruheraum aufsuchten.

Nicht Händchen haltend – aber mit einem gewissen Dampfnachklang.

Ich dachte mir:

Vielleicht war's kein Fehler. Vielleicht war's Schicksal. Oder einfach das Zimt.

Julia schrieb später ins Heft:

„Romantikaufguss mit Fritz: Zwei neue Bekanntschaften, drei peinliche Momente, ein Honigunfall. Fritz wie immer souverän. Sauna glänzt leicht. Erfolg: Herzklopfenstufe mittel."

Kapitel 27 – Gäste, die man nicht vergisst – Teil 1

Reden ist Gold. Schweigen auch. Und manchmal ist Schnarchen einfach lauter.

Im Massageraum gibt es zwei Arten von Menschen:

Die einen legen sich hin, sagen „Ich will einfach nur entspannen" – und tun genau das.

Die anderen… sagen das auch – und dann erzählen sie dir alles, was jemals in ihrem Straßenzug passiert ist.

Variante 1: Die Tiefentspannten

Ich nenne sie intern „die Wenigsprecher".

Sie kommen rein, nicken freundlich, sagen exakt drei Wörter:

„Rücken. Bitte. Danke."

Kaum liegt der Bademantel auf dem Haken, liegen sie schon im Nebel des Halbschlafs.

Es dauert selten länger als eine Minute.

Dann:

Schnarchen.

Und nicht irgendein Schnarchen.

Wir reden von einer Schnarchorgie, bei der ich mich ernsthaft frage, ob ich noch massiere – oder bereits den Biorhythmus eines betäubten Elches begleite.

Einmal hatte ich einen Gast, der während einer Rückenmassage drei Tonlagen durchlief, von Bassklarinette bis Luftkompressor, und zum Schluss sogar gurgelnde Obertöne erzeugte, bei denen Franz eifersüchtig geworden wäre.

Ich versuchte sanftes Klopfen auf die Schulter.

Er grunzte – dann ging's weiter.

Ich massierte weiter – er schnarchte im Takt.

Eine seltene Form von Duo-Arbeit.

Nach 50 Minuten wachte er auf, sah mich glasig an und sagte:

„Des war a Traum."

Ich: „Ich weiß. Ich war live dabei."

Variante 2: Die Dauererzähler
Sie kommen freundlich, sie kommen redselig, sie kommen vorbereitet.

Frau Nüsslein.

Ich erinnere mich noch gut.

Sie betrat den Raum mit den Worten:

„Ach, ich hab SO viel zu erzählen – aber keine Sorge, ich bin ganz ruhig."

Sie war nicht ruhig.

Nicht mal ansatzweise.

50 Minuten. Am Stück.

Monolog.

Es ging um die Nachbarin.

Knieprobleme.

Hund entlaufen.

Der Enkel kann nicht sitzen.

Die Tochter hat jetzt einen neuen Freund, aber keiner mag ihn.

Und dann die Pflaumenernte letztes Jahr.

Ich schwöre, ich war zwischendurch kurz im Jenseits.

Als ich nach 50 Minuten vorsichtig sagte:

„Jetzt haben Sie gar nicht mitbekommen, was ich gemacht habe…"

Antwort:

„Doch, doch. Sie haben mich massiert."

Ich:

„Und was genau habe ich

massiert?" Sie:

„Schön war's."

Achselzucken inklusive.

Variante 3: Die Neugierigen

Sie stellen Fragen, noch bevor der Vorhang zugezogen ist.

„Wie lange machen Sie das schon?"

„Arbeiten Sie freiberuflich?"

„Wieviel Stunden in der Woche?"

„Was verdient man da so?"

„Haben Sie eigentlich Familie?" Ich

versuchte mich rauszuwinden.

„Ich bin nur für Ihren Rücken zuständig. Nicht für Steuerberatung und Biografie."

Sie lachte nicht.

Ich lächelte.

„Datenschutz", sagte ich.

Ab da – Eiszeit.

Sie sagte keinen Ton mehr.

Und am Ende:

„Die Massage war… naja… irgendwie distanziert."

Julias Heft, Seite 157:

„Typen der Massagegäste: Schlafende – sehr laut. Sprechende – sehr lang. Fragende – sehr schnell beleidigt. Fritz bleibt professionell. Erfolg: psychisch sportlich, fachlich tadellos."

Kapitel 28 – Gäste, die man nicht vergisst – Teil 2

Drei Gäste. Drei Welten. Drei Erkenntnisse. Fritz bleibt diplomatisch – und trocken.

———————— ••••• ◆ •••• ————————

Teil zwei der Erinnerungen an Massage-Menschen, die mir im Kopf geblieben sind.

1. Der Timer-Typ

Er kam auf die Minute genau.

Und ich meine: exakt.

Nicht ungefähr.

Exakt.

Herr Mönch, Ende fünfzig, technikverliebt, sportlich, mit der Körperspannung eines Bundeswehroffiziers im Ruhemodus.

„Ich hab exakt 50 Minuten. Keine Sekunde mehr."

Ich:

„Das trifft sich gut – unsere Massage dauert 50 Minuten."

„Ja. Aber ich hab eine Uhr mit." Er

legte sie neben die Liege.

Eine digitale Sportuhr mit Sekundenanzeige.

Ich begann.

Nach exakt 12 Minuten und 17 Sekunden sagte er:

„Jetzt ist der linke Schulterbereich fertig, bitte rechter Trapezmuskel."

Ich war irritiert – aber beeindruckt.

Nach 22 Minuten:

„Ich glaube, die Lendenwirbel sind jetzt durch. Weiter mit Oberschenkel. Beidseitig."

Nach 49 Minuten und 15 Sekunden:

„Bitte Übergang zur Ausleitung. Ich brauche eine Minute für's Anziehen."

Ich nickte nur.

Beim Rausgehen sagte er:

„Perfekt. War sehr effizient. Kein Gefühl verloren. Wie ein gut programmiertes Navi."

Ich:

„Freut mich. Ich bin auch manchmal spontan."

„Ich nicht."

2. Die „Wirken-Wir-jetzt-Vertraut?"-Dame

Frau Irmler.

Ca. Mitte 60.

Herzliche Ausstrahlung.

Etwas zu herzliche Ausstrahlung.

Nach dem Begrüßungsgespräch (das sie mit einem Schulterklopfen beendete) und dem Beginn der Massage, begann das interrogative Feuerwerk:

„Haben Sie eigentlich Kinder?"

„Und sind Sie verheiratet?"

„Wo wohnen Sie?"

„Ach, allein? Wie schade."

Ich versuchte das Thema auf den Rücken zu lenken.

Er blieb aber bei meinem Beziehungsstatus.

„Sie wirken sehr… ausgeglichen. Wie lang machen Sie das schon?"

- „Lang genug."

- „Also beruflich oder auch privat? Massieren Sie auch im Freundeskreis?"

- „Ich trenne das strikt."

- „Aha."

Die restliche Massage verlief in seltsamem Schweigen.

Am Ende stand sie auf, streichelte mir kurz den Arm und sagte:

„Ich fand es schön. Auch wenn Sie sich so verschließen."

Ich überlegte, ob ich das in mein Zeugnis aufnehmen lassen sollte.

3.   Der Esoteriker in Tarnjacke

Herr Reißmann.

Typ: Verschwörungstheoretiker mit selbstgedrehten Zigaretten, Einlegesohlen aus Kork und einem Blick, der sagt:

„Ich weiß mehr als du – und die Regierung zusammen."

Bereits beim Hinlegen sagte er:

„Ich möchte keine Produkte, die vom Pharma-Milieu infiltriert wurden."

Er: „Äh… das Öl ist bio?."

Ich: „Bio ist nur ein   Wort."

Er: "Ich meinte: energetisch gereinigt? "

Ich: "Es riecht gut"

Er: „Wurde es unter Vollmond abgefüllt?"

Ich: „Ich war nicht dabei."

Während der Massage erklärte er mir, dass Rückenschmerzen eine Reaktion auf das magnetische Ungleichgewicht im Erdgitternetz seien.

Und dass Lavendel vermutlich eine CIA-Erfindung sei.

Ich sagte nichts. Ich atmete. Tief.

Nach der Behandlung:

„Danke. Es war befreiend. Ich habe das Gefühl, meine Zirbeldrüse hat sich gereinigt."

Ich nickte.

„Meine auch."

Er hinterließ mir ein selbstgeschriebenes Buch mit dem Titel:

„Heil durch Schweiß – Die verborgene Kraft des Achselraums"

Ich hab's bis heute nicht gelesen. Aber der Umschlag fühlt sich energetisch an.

Julias Heft, Seite 163:

„Drei Gäste. Drei Realitäten. Fritz flexibel. Öl unauffällig. Erfolg: energetisch unterschiedlich, aber formal korrekt."

Kapitel 29 – Gäste, die man nicht vergisst – Teil 3

Kinder, Paare, Spezialisten – Massagen zwischen Fragestunde, Ehedrama und baltischem Druckgefühl.

———————— •••• ❖ •••• ————————

Noch mehr Gäste – und noch mehr Gründe, warum ich manchmal keine Fragen mehr stelle.

1.   Das Kind, das alles wissen wollte

Er hieß Mika, war sieben Jahre alt und wurde mit den Worten seiner Mutter übergeben:

„Er hat so viel Stress in der Schule. Vielleicht hilft ihm eine kleine Rückenmassage. Nur ganz kurz. Er kennt das aus der Kinder-Yoga-Gruppe."

Ich dachte:

"Klar. Warum nicht. Ruhige Hände, entspannte Atmosphäre, eine kleine Wohlfühleinheit."

Falsch gedacht.

Sobald ich den ersten Tropfen Öl auf den Rücken auftrug, ging's los:

„Was ist das? Ist das warm? Was ist da drin? Warum heißt das Lavendel, das riecht doch nicht nach Lavi?"

„Wieso drücken Sie da? Macht man das auch bei Kühen? Kann man davon pupsen?"

Ich kam nicht mehr hinterher.

Nach fünf Minuten drehte er sich um und sagte: „Ich glaub, ich hab's jetzt gelernt. Ich will lieber duschen."

Er stand auf, warf sich das Handtuch über die Schulter und ging raus.

Seine Mutter fragte:

„Und? War er brav?"

„Ja", sagte ich. „Aber ich hab das Gefühl, er hat mich behandelt."

2. Das Duo-Drama

Herr und Frau Winkelmann – beide Ende 40, kamen gemeinsam, buchten die klassische Duo-Entspannungsmassage.

Manche Paare liegen dabei still da, halten Händchen, seufzen synchron.

Nicht die Winkelmanns.

Er legte sich hin, atmete tief und sagte laut:

„Endlich mal Ruhe!"

Sie antwortete:

„Das sagst du nur, weil ich dann den Mund halten muss."

Ich massierte ihn. Alanya übernahm sie.

Fehler.

Nach fünf Minuten:

„Wieso massiert sie dich so sanft? Ich krieg hier Akupressur mit Vorschlaghammer!"

„Weil ich locker bin. Du bist halt dauerverkrampft – sogar im Urlaub."

Alanya (leicht überfordert):

„Maybe... äh... you are different tension types, ja?"

Nach zehn Minuten standen beide auf.

„Ich glaube, das bringt heute nix", sagte er.

„Nö. Aber deine Haltung passt zum Rücken. Bucklig."

Ich fragte später an der Rezeption:

„Waren das Stammgäste?"

Nicoletta:

„Waren sie. Ich glaub, jetzt nicht mehr."

3.   Der Selbstdiagnose-Gast

Herr Teschner, Typ Mitte 50, analytisch, vermutlich mal Physiklehrer oder Verwaltungsjurist.

Beim ersten Kennenlernen sagte er:

„Ich bin sehr sensibel. Ich habe ein System entwickelt, das meine Verspannungen in Zonen A bis E unterteilt."

Er zeigte mir eine handgezeichnete Rückenkarte.

Mit Farben.

„Zone A: Stressbedingt. Zone B: Schlafmangel. Zone C: Kaffee. D und E… sind psychosomatisch."

Ich nickte.

Innerlich weinte ich. Während der
Massage:

„Sind Sie sicher, das war Zone B? Fühlt sich eher nach C an."

„Ich arbeite intuitiv."

„Hm. Risiko."

Nach 30 Minuten drehte er sich um.

„Stopp. Ich möchte die Technik analysieren."

Er griff nach dem Ölfläschchen, roch daran, tippte auf die Liege und sagte:

„Das ist angenehmer Druck, aber ich hätte ihn gern in 4 cm Kreisen, gegen den Uhrzeigersinn. Wie in Litauen."

Ich: „Ich war noch nie in Litauen."

Er: „Dann improvisieren Sie bitte in baltischer Richtung." Nach 50 Minuten:
„Das war faszinierend. Ich werde das dokumentieren."

Ich fragte mich, ob ich jetzt in einer Studie erscheine.

Julias Heft, Seite 169:

„Drei weitere Fälle. Fritz geduldig. Gäste individuell. Massage als Abenteuer. Erfolg: selektiv – aber unvergesslich."

Kapitel 30 – Aufguss-Opfer

Salz, Schweiß und Selbstüberschätzung – ein Hoch auf meine Sauna-Opfer.

Ich liebe meine Aufgüsse.

Sie sind heiß, ehrlich und – zugegeben – nicht ganz ohne.

Die meisten meiner Gäste wissen, was sie erwartet. Sie kommen regelmäßig, sie kommen vorbereitet, sie kommen freiwillig.

Manche sagen sogar, sie „kommen wegen der Herausforderung".

Doch dann gibt es die anderen.

Fall 1: Der Heilfaster

Es war einer dieser Tage, an denen die Sauna voll war und die Gäste motiviert – zu motiviert.

Ich begann mit dem Aufguss wie immer:

Wasser marsch, Eukalyptus rein, Sicherheitshinweise raus:

Wenn's zu heiß wird: runter oder raus.

Keine Schwimmwesten.

Sitzbretter nicht abmontieren.

Und trotzdem: Als ich später zum zweiten Aufguss zurückkehrte,

lag ein Mann vor der Sauna,

beinehoch, zwei Gäste knieten neben ihm, wedelten mit Handtüchern wie Sanitäter auf einer Südseeinsel.

Ich:
„Was ist hier los?"
Antwort:
„Er fastet. Seit Tagen. Und dann der Aufguss..."

Ah ja. Heilfasten plus Hochsitz plus Eukalyptus-Sturm = Kreislauf-Crash.

Ich nickte professionell. Innerlich aber dachte ich nur:

„Wer bei null Kalorien mit 90 Grad schwitzt, darf sich nicht wundern, wenn der Körper sagt: Ich kündige."

Julia notierte:

„Fritz: Schuldlos. Gast: fahrlässig. Maßnahme: Obstkorb."

Fall 2: Der Superheld
Blockhaus-Sauna. 15:00 Uhr.

Ich komme rein, die Gäste sitzen still – mit einer Ausnahme.

Oben links, Reihe drei:

Ein Typ wie geschnitzt – muskulös, Sonnenbankgesicht, neben ihm die Partnerin, eine Etage tiefer.

Ich beginne. Sanft. Musik läuft. Dampf steigt. Plötzlich:

„Wird's heute auch nochmal ein wenig wärmer oder bleibt's so kalt?"

Seine Frau dreht sich entsetzt zu ihm um. Ich atme tief durch.

Saunameister-Regel Nr. 1: Lass dich nicht provozieren.

Ich wedle weiter, ruhig, konzentriert.

„Das ist ja Kindergeburtstag!" legt er nach.

Gut. Vielleicht – und ich sage nur vielleicht

–

habe ich beim dritten Aufguss etwas... zielgerichteter gewedelt.

Rein zufällig in seine Richtung.

Fünf Minuten später:

Seine rechte Hand ruht plötzlich bleich auf der Schulter seiner Frau.

Seine Gesichtsfarbe: Schimmelbeige.

Ich:

„Alles gut da oben?"

Keine Antwort. Ich reiche ihm die Hand.

Auf dem Balkon – Schnee.

Er steht noch kurz. Dann: weiche Knie.

Schneemassage. Tief durchatmen. Tee später.

Am nächsten Tag kommt er zu mir, schaut betreten und sagt:

„Tut mir leid wegen gestern... Ich glaub, ich war ein bisschen übermütig."

Ich nickte.

„Du bist nicht der Erste. Und nicht der Letzte. Aber immerhin einer, der's zugibt."

Julia schrieb:

„Fritz: souverän. Gast: geläutert. Aufguss: erfolgreich."

Fall 3: Das Paar vom Parkplatz

Sie waren Stammgäste.

Ich traf sie beim Check-in:

„Hallo Fritz, wir kommen gleich zum Aufguss!"

Zehn Minuten später: Blockhaus-Sauna. Salzpeeling.

Sie: oberste Etage. Er: direkt daneben.

Ich:

„Wie war die Anreise?"

Antwort:

„Vier Stunden Fahrt. Viel Stau. Nichts getrunken. Aber egal – wir sind ja da!"

Aha.

Ich wusste innerlich: Das wird eng.

Der Aufguss lief. Salzpeeling läuft. Dampf läuft. Beim Rausgehen sackt ER vor der Tür zusammen.

SIE sieht's – und geht aus purer Solidarität gleich mit zu Boden.

Da lagen sie. Wie zwei Sardinen in der Wellnessdose. Gäste halfen. Ich brachte Wasser. Kalte Tücher.

Alles wurde gut. Aber das Image…

Am nächsten Morgen, auf dem Flur, Rezeptionistin mit süffisantem Grinsen:

„Na Fritz… sind dir wieder zwei weggekippt gestern?" Ich nickte.

Julia notierte:

„Fritz: unverschuldet. Gäste: unvernünftig. Ruf: angeschlagen."

Fazit:

Aufgüsse sind wie das Leben:

Man kann sie genießen, man kann sich überschätzen – oder man kann rausgehen, bevor's zu spät ist.

Ich mache weiter.

Mit Aufgüssen. Und mit Julia.

Denn solange sie mitschreibt, bin ich wenigstens dokumentiert – wenn auch nicht immer verstanden.

Kapitel 31 – Was Fritz nicht sagen darf, aber denkt

Gedanken, die sonst nur Julia notiert, Silvetta rausschreit oder Steven vertont.

"Was ich nie sage, aber oft denke – jetzt endlich aufgeschrieben".

Es gibt Dinge, die sagt man nicht laut. Man denkt sie nur – im Schutz des Lavendeldampfs, zwischen zwei Aufgüssen oder beim letzten Schluck aus der Teetasse in der Mitarbeiterküche.

Aber wenn man schon ein Buch schreibt, dann kann man wenigstens einmal loswerden, was sonst nur Julia in ihr Notizbuch schreibt, Silvetta in den Raum brüllt oder Steven mit der Schwarzwaldklinik-Melodie unterlegt.

Also los – ein paar Dinge, die ich nie sagen darf, aber trotzdem denke:

- Wenn Sie sich in der Sauna die Badehose bis unter die Achseln ziehen, brauchen Sie kein Handtuch mehr. Das hat dann denselben Effekt. Nur schwitziger.

- Wer bei der Massage 50 Minuten lang durchredet, bekommt keine Entspannung. Er bekommt ein

Gesprächsprotokoll. Ich bin Masseur – kein Pfarrer.

- Wenn Sie mir nach der Behandlung sagen: „Ich hab gar nicht gemerkt, was Sie gemacht haben, aber schön war's" – danke. Ich nehme das als Kompliment. Und gleichzeitig als Kündigungsandrohung an mein Ego.

- Wenn Sie bei einem Aufguss mit Salzpeeling direkt nach vier Stunden Autofahrt ohne Wasser trinken auf der obersten Bank sitzen – dann ist das keine Gesundheitsförderung, sondern ein Abenteuerurlaub.

- Und ja, ich habe Haare auf dem Kopf. Nur weil ich beim Aufguss immer den Saunahut trage, bin ich nicht automatisch kahl. Ich bin nicht Batman. Ich bin Fritz. Nur besser gelaunt.

Und schließlich, mein ganz persönliches Manifest:

Ein guter Aufguss braucht drei Dinge:

Hitze.

Humor.

Und Gäste, die nicht mitten im Wedeln fragen: „Und, macht Ihnen das Spaß hier?"

Denn ja – es macht Spaß. Trotz tropfender Stirn, rätselnder Gäste und gelegentlicher Duftverwirrung zwischen Eukalyptus und „wer hat hier gerade das Fußspray gezündet?"

Ich liebe diesen Wahnsinn.

Weil er menschlich ist.

Weil er ehrlich ist.

Und weil ich am Ende des Tages sagen kann:

Ich habe Menschen zum Schwitzen gebracht –

ohne dabei ein Politiker, Steuerprüfer oder Fitnesstrainer zu sein.